감성코치 박대선

서툰 어른 처방전

괜찮은 척
안그런 척
잘사는 척
그렇게 살았어.

숨기면 괜찮을 줄 알고,
덮으면 없어질 줄 알고,
감추면 사라질 줄 알았어.

나를 챙기지 않으며 남을 챙기려 했고,
나를 아끼지 않으며 남을 아껴주려 했어.

서툰 어른 처방전

어른이라면 이제라도
알아야 할 인생 내비게이션

감성코치 박대선

강한별

위로와 성장이
함께하시길

고맙고 고맙습니다.

워낙 이야기를 들어주고, 마음을 나누는 걸 좋아하는 제가 시작한 무료 상담이 나비효과를 만들어 이렇게 책까지 내게 되었네요.

제가 3년 전부터 강의를 하며 느꼈던 마음을 인스타그램에 올렸는데, 그 글을 보고 상담 신청하는 분들이 생기면서, 하루 한 분씩 무료 상담을 해 드리게 되었어요. 그게 이제 1년이 넘었고, 그 1년 동안 제 글을 사랑해주고, 응원해주는 분들이 과분할 정도로 많아지면서 이렇게 책을 내게 되었어요.

이 책은 평범하게 살아가지만 외로움과 아픔을 가슴에 담고 사는 분들에게 위로와 공감을 드리고, 제대로 된 사랑을 받지 못해 자존감이 낮아진 분들에게 당당하게 살아갈 수 있는 힘을 드릴 거예요.

또 설렘이 지나도 빛나는 사랑을 하고 싶은 분들에게 사랑의 길을 안내하고, 어른다운 어른 본 적 없이 어른이 되어 버린 우리 자신에게 어른의 길을 안내해 드리려고 노력했어요. 마지막으로, 삶과 행복에 대한 저의 마음을 정성껏 담았습니다.

짧고 재미있게 깊이 있는 여운을 드리고 싶어서, 더하고 빼기를 수십 번씩 하며 다듬고 다듬은 글이니 따뜻한 마음으로 읽어주세요.

이 글을 읽는 당신의 삶과 사랑을 응원해요. 또 평온과 성장을 기도합니다.

2022년 9월
감성코치 박대선 드림

03. 비곗덩이 만드는 법

04. 나를 챙겨줘

PART 2. 마음은 아주 작은 것에 틀어져

01. 감정은 만나야 사라진다

02. 화는 똥이다

03. 오늘 내가 힘든 이유

PART 3.   사랑에 교과서가 있다면

01. 어떻게 사랑할지

02. 싸우는 모습이 인격

03. 노력 할래 이별 할래

PART 4.　　인생 공부

01. 관계가 힘든 너에게

02. 인생 내비게이션

03. 세상에 당연한 것은 없어

04. 행복은 동사야

PART 5. 어른이라면 알아야 할 것들

01. 가족은 사랑의 다른 말

02. 내 마음의 크기

03. 이제라도 알아야 할 어른의 조건

PART 1

괜찮은 척, 안 그런 척, 잘사는 척

힘든지도 모르는 당신이
가장 힘든 사람

아픈지도 모르는 당신이
가장 아픈 사람

이제 힘들다고 말해요.
이제 아프다고 말해요.

아픈 줄도 모르고

내 안부를 묻다

오늘 날씨는 매일 살피고,
친구 안부는 매일 물으면서,
내 안부는 언제 묻고 살폈니?

내 마음 온전히 기댈 곳 없어
외롭지는 않니?

그 외로움에 삶의 무게가 더해져
버겁지는 않니?

거절당할까 외면당할까
불안하지는 않니?

언제 끝날지 모르는 깊은 터널 속 같아서
두렵지는 않니?

그래도 가끔은 행복하니?

괜찮은 척, 안 그런 척, 잘 사는 척

상처는 숨기고,
외로움은 감춘 채

괜찮은 척
안 그런 척
잘 사는 척
그렇게 살았어.

숨기면 괜찮을 줄 알고,
덮으면 없어질 줄 알고,
감추면 사라질 줄 알았어.

나를 챙기지 않으며 남을 챙기려 했고,
나를 아끼지 않으며 남을 아껴주려 했어.

연인과의 관계가 힘들고, 직장에서 사람들과 부딪히는 게 힘든 사람이 있어요. 원래 관계라는 게 힘들고, 삶이라는 게 지치기도 하지만, 유독 힘들어하는 사람은 자기 자신과의 소통이 제대로 안 된 경우가 많아요. 스스로에게 솔직하지 못한 사람이 남들과 불편해하고, 자신의 마음을 제대로 살피지 못하니, 남의 마음을 못 살피는 거예요.

자기 자신부터 챙기라는 것은 이기적인 것이 아니라, 남을 이해하고, 남과 소통하고, 남을 챙기기 위한 가장 기본 조건이에요. 내 자신의 마음을 살피고, 나 자신부터 챙기는 당신이길 바라요.

나에게 미안해

바쁘다는 이유로
돈 없다는 핑계로
시간 없다는 거짓말로

디 살펴주지 못해 미안해.
더 아껴주지 못해 미안해.
더 가꿔주지 못해 미안해.

제대로 놀아주지 못해 미안해.
제대로 쉬어주지 못해 미안해.

나에게 고마워

잘 살아줘서 고마워.
잘 견뎌줘서 고마워.
잘 버텨줘서 고마워.

너니까 여기까지 버틴 거야.
너니까 이렇게 해낸 거야.

남 눈치 본 것만큼
내 눈치 보고 살게.

남 좋아하는 것 챙긴 만큼
나 좋아하는 것도 챙길게.

세상 누구보다 아끼고 사랑할게.
세상 마지막 날 나에게 덜 미안해지게.

나에게 가혹하지 마세요

할머니가 손주 보듯
너그럽게 보아주세요.

엄마가 막내아들 대하듯
사랑스럽게 대해주세요.

공주처럼 아껴주시던 아빠에게 보여도,
부끄럽지 않게 나를 아끼며 살아주세요.

공주처럼 크고 있는 내 딸이 커서도,
이렇게 살기 바랄 만큼 귀하게 살아주세요.

아픈데 아픈 줄도 모르고

힘든지도 모르는 당신이
가장 힘든 사람

아픈지도 모르는 당신이
가장 아픈 사람

이제 힘들다고 말해요.
이제 아프다고 말해요.

어디가 끝인지

내려놓았다 생각했는데
아직 내려놓을 게 있었고,

바닥이라 생각했는데
아직 내려 갈 데가 있었다.

왜 불행은 겹쳐오고,
왜 나한테만 이런 일이 있는지.

나빠서가 아니라 아파서

요즘 내가 까칠한 건

성질이 나빠서가 아니라
마음이 다쳐서고,

지금 내가 예민한 건

밥을 안 사줘서가 아니라
말을 안 들어줘서야.

다시 아이가 되어

그 시절의 엄마를 만나
펑펑 울며 안기고 싶은 날.

엄마
어디 갔었어요.
나 많이 힘들었어요.

미안해 마요

웃는 모습 못 보여줘
미안하다 말하지 말아요.
하늘도 흐린 날이 있어요.

우는 모습 보여주기 싫다
말하지도 말아요.
하늘도 비 내리는 날이 있어요.

실컷 울어도 돼요.
비가 있어 나무가 자라듯

아픔만큼 눈물만큼
당신도 성장할 테니까요.

몰라서가 아니라 힘들어서

우리가 힘든 건
방법을 몰라서가 아니라,

정답이 넘치는 세상에서
사람과 생활에 지쳐

한 걸음 내디딜
힘이 없기 때문이야.

미안하다는 말이 습관이 돼서

화를 내야 할 때
미안하다 말하는 건

넘겨야 하는 공을
몸으로 막는 거야,

착하다는 말은 들을지 몰라도
마음의 멍은 어떻게 할 거니?

02

괜찮아요

그렇게 안아주고 있었다

내 편 하나 없고,
내 맘 하나 기댈 곳 없던 어떤 날

하늘은 잘했다고 안아주고,
바람은 괜찮다고 토닥이고,
비는 아팠냐고 같이 울어주고 있었다.

길은 열려있고,
산은 기다리고,
나무는 두 팔 벌리고 있었다.

천둥은 나를 위해 싸우고 있었고,
햇살은 내 손을 꼬옥 잡고 있었다.

그렇게 세상은 나를 안아주고 있었다.

네 잘못이 아니야

괜찮아.
네가 잘못 한 게 아니야.

아무리 달려도 밤은 오고,
아무리 예쁜 꽃도 겨울을 맞이하듯
그저 그런 시간을 마주한 거야.

너무 아파하지 마.
아침이 오고 봄이 오는 날,
이 시간을 웃으며 추억하게 될 거니까.

위로 받은 적 없이 위로해야 하고

사람 만나는 게
왜 이리 힘드냐고 자신을 탓하지 마.

제대로 된 위로 받은 적 없이
제대로 위로해야 하니 힘든 게 당연한 거야.

어른으로 사는 게
왜 이리 힘드냐고 자신을 탓하지도 마.

제대로 된 어른 본 적 없이
어른으로 살아야 하니 힘든 건 당연한 거야.

조급해 말아요

버티며 살기도 어려운 시대
어른스럽지 못하다 자책하지 말고,

잔고 유지하기도 어려운 시대
아파트 없다 조급해 말아요.

남도 나도 다그치면
더 삐뚤어질 뿐이니,

그대로 보아주고 그대로 알아주세요.

　친구가 아파트 샀다고, 동생은 어른스러운데 너는 왜 그 모양이냐는 소리를 들었을 때, 너무 흔들리지 말아요. 흔들리는 건 그동안 버티고, 지키고, 노력한 나 자신을 내가 무시하는 거니까요.

　그냥 '그런 사람도 있지.', '나보다 못한 사람이 있듯 나보다 어느 면에서 잘된 사람도 있는 거야.'라고 편하게 흘려보내 주세요. 달리기도, 삶도, 다 자기만의 페이스가 있어요. 빨리 가고, 많이 간다고 좋은 게 아니에요. 오래 가야 하는 인생길이니, 그저 방향만 놓치지 않고, 오늘 노력한 만큼 내가 나를 알아주고, 칭찬해주며, 하루를 잘 지내면 돼요.

그건 사라지지 않는 거야

검정 물감에
흰 물감을 아무리 섞어도

흐려질지언정
흰색이 되지 않는 것처럼

아픈 상처는
좋은 기억으로 아무리 덮어도
약해질지언정 사라지지 않는 거야.

ㅇㅇㅇ

트라우마를 겪은 분에게 말씀드려요. 시간이 지났는데도, 극복하지 못했다고 속상해하지 마라고요. 시간이 많이 지났는데도, 그 기억에 다시 힘들 때 절망하지 마라고요.

그리고 트라우마를 겪은 사람의 가족과 친구들에게 말씀드려요. 트라우마를 겪은 분이 시간이 많이 지났으니 괜찮을 거라고 생각하지 않기를 바라요. 아주 오래된 일인데 이제 잊어버리라고 편하게 말해도 상처가 돼요. 그 상처는 약해질 수는 있어도, 없어지진 않는 거예요. 힘들면 언제든 다시 그 순간으로 돌아가는 거예요.

넌 그래도 돼

놀아도 돼.
실수해도 돼.

살쪄도 돼.
게을러도 돼.
눈치 보지 않아도 돼.
인정받지 않아도 돼.

돈 벌지 않아도 돼.
성공하지 않아도 돼.

하고 싶은 건, 뭘 해도 돼.
하기 싫은 건, 아무것도 안 해도 돼.

넌 그래도 돼.

위로

모두 들어줘야 합니다.

힘내서 들어줘야 합니다.
자세히 들어줘야 합니다.

남김없이 들어줘야 합니다.
선입견 없이 들어줘야 합니다.

내 입장 놓고 들어줘야 합니다.
내 판단 놓고 들어줘야 합니다.

같이 공감해야 합니다.
같이 아파해야 합니다.

그리고 알아줘야 합니다.
그리고 안아줘야 합니다.

벽 말고 울타리

너의 그 상처가

마음의 벽이 되어
자신을 가두는 게 아니라

마음의 울타리가 되어
자신을 지켜주기를

누구나 가슴에 돌 하나 얹고 산다

누구나 가슴에 돌 하나 얹고 산다.

다 갖춘 민지 씨도
다 가진 박 회장도
가슴에 돌 하나 얹고 산다.

어떤 날은 잊고 지나고,
어떤 날은 덮고 웃지만,
누구나 가슴에 돌 하나 얹고 산다.

보이지 않는다고 없는 게 아니고,
말하지 않는다고 괜찮은 게 아니다.

혼자만 아파하지 마라.
누구나 가슴에 돌 하나 얹고 산다.

○○○

　젊은 시절이 때로는 사무치게 그리울 때가 있는데, 학생들을 상담하다 보면, '참 쉽지 않은 시절이었지.' 하고 떠올리게 되고, 금전적인 여유가 더 있으면 좋겠다는 생각을 가끔 하는데, 가진 사람들과 상담하다 보면, 부자가 되면 또 다른 고민이 쌓인다는 것도 알게 돼요.

　겉모습만 보면 부러운 사람이 많지만, 속으로 누구나 아픔 하나는 안고 살아요. 그리고 돌 하나가 내려가면, 다른 돌 하나가 또 얹어지는 것도 알게 되지요. 그중에서도 유난히 큰 돌을 여러 개 얹고 사는 분들에게 이 글이 작은 위로가 되길 응원해요.

세월은 아픈 사람을 위한 것

세월이
빨리 가는 건

젊음의 시계를
빨리 돌리기 위함이 아니라

아픔의 시계를
빨리 돌리게 하기 위해서다.

예민한 너에게 필요한 것

예민해서 남의 눈치를 보고
불안에서 잠을 못 자는 너에게

온전한 내 집만큼 필요한 건
온전한 내 편이고,

따뜻한 한 끼만큼 필요한 건
따뜻한 말 한마디야.

사랑스런 눈빛으로 바라보고,
따뜻한 말로 위로해주고,

포근한 품으로 안아주는
온전한 내편이 있다면,

낮에는 당당하게 지내고,
밤에는 평안히 잠들 거야.

〇〇〇

　주변의 시선이 신경 쓰여 사람들과 있는 자리가 불편하고, 친구를 사귀기 힘들어 하는 분들은 타고난 예민함도 있지만, 마음의 평안을 주고 지지해주는 온전한 내편이 없는 경우가 많아요.

　예민하지만 세심하고, 겉은 차갑지만 속은 누구보다 여린 당신이 눈치 따위는 접어두고, 당당히 지낼 수 있게 당신의 진가를 알아주는 온전한 내편을 만나길 바라요. 당신의 단점이 아닌 장점을 알아봐주고, 칭찬해줄 온전한 내편을 한 명만 만난다면, 어느 사람보다 빛나는 분이 될 거예요. 고민 따위는 접어두고 편안히 잠들 거예요.

할 만큼 했잖아요

할 만큼 했잖아요.
그걸로 충분해요.

어떤 결과든 아파하지 마요.
어떤 평가든 신경 쓰지 마요.

나라도 알아주세요.
나라도 안아주세요.

힘들어하는 나에게

내가 지금 힘든 건
오르막을 걷고 있기 때문이야.

오르막은 끝이 있고,
그 끝에는 더 성장한 내가 있어.

그 무엇이 나를 흔들 수는 있어도,
그 무엇도 나를 쓰러트릴 수는 없어.

나는 세상 무엇보다 중요하고,
나는 세상 누구보다 소중하니까.

언제나 내 편

답을 주진 못해도
밥은 사주고,

멋진 말은 못 해줘도
귀담아들어 줄게.

같이 욕 해주고, 함께 아파해줄게.
어떤 말을 해도 되고, 어떤 모습을 보여도 돼.

뭘 해도 넌 예쁘고, 언제나 난 네 편이니까.
네가 너를 못 믿어도, 나는 너를 믿으니까.

03

비곗덩이 만드는 법

도둑에게 예의는 생략

신발 신고 방에 오는 놈에게
과일을 준비하지 마라.

모든 사람에게 예의를 지키려다
나를 못 지키게 된다.

참으면 화병이 온다

참으면 복이 아니라
화병이 오는 시대

계속 참으며
막 대하게 하지 말고

한번 화내고
계속 조심하게 해줘요.

혹시, 화 안 내면 하루가 평안히 지나가고, 화내면 꽤 오랫동안 어색하고 불편해지니 그냥 참고 있는 건 아니죠? 그냥 화내는 것도 습관이지만, 화를 참는 것도 습관이 돼요. 화는 내 감정을 표현하고, 나를 지키는 강력한 에너지이고 무기예요. 아무한테나, 아무 때나 몽둥이를 휘두르면 관계가 다 망가지지만, 내 방에 들어오는 도둑에게도 문을 열어주면, 도둑들은 안방을 차지하고 누워서 음식을 내오라고 할 거예요.

도둑에게는 몽둥이가 약이고, 나는 내가 지켜야 해요. 나를 너무 편하게 막 대하는 것을 허락하지 말아주세요. 그렇게 부모님이 지켜주던 나를, 이제는 내가 귀하게 지켜주어야 해요.

청소

내 방이 더러우면
누가 더럽혔던지
내가 치워야 한다.

내 마음도 그렇다.

헌신하다 헌신짝

헌신하다 헌신짝 되었다고
속상해하지 마.
누가 시킨 것도 아니잖아.

어떻게 이러느냐고 원망도 하지 마.
네가 좋아서 한 거잖아.

어쩌면 이렇게 될 걸 너도 알고 있었어.

막 대하도록 허락한 것도 너였고,
끝없이 주기만 한 것도 너였어.

진짜 안쓰러운 건 넌데,
그 사람이 안쓰럽다고 착각하고,

진짜 챙겨야 할 사람은 넌데,
그 사람을 챙기고 있었어.

후회하지도 마.

한 사람, 인간 만드는 고귀한 일을 했어.

이제 그 정성, 그 시간을

너를 위해 사용할 때가 된 거야.

더 단단하고 강해진 마음으로.

흔들리지 않기를

남의 말에 흔들리지 않고,
남의 평가에 아파하지 않기를
남의 인정을 구걸하지 않고,
남의 관심을 고대하지 않기를

메롱

너희들이 내 욕을 한 트럭 보내면,
나는 그 욕은 뜯지도 않고
트럭만 팔아 맛난 거 사먹을 거야.

○○○

　진짜 나를 힘들게 하는 건, 그 말보다 그 말에 대처하는 우리의 자세 때문이에요. 수준 낮은 사람들이 하는 말에는 아예 대처를 안 하는 게 좋아요. 무서워서 피하는 게 아니라, 냄새나니까 거리를 두는 거예요. 우리는 좋은 얘기와 감사를 하기에도 바쁜 삶을 살고 있으니까요. 싸울 대상과 피할 대상, 만나고 사랑할 대상을 잘 선택하는 게 지혜겠지요.

오늘 네가 찝찝한 이유

할 일 미루고
하고 싶은 일 하는 건

세수 안하고
남친 만나는 것

어딜 가고 뭘 해도
불편하고 찝찝한 것

지금 뭐 하세요? 아직 빈둥거리세요? 씻고 나갈 준비하고 계세요? 휴일은 왠지 일찍 일어나면 억울하고, 바쁘면 안 될 거 같고, 오늘만큼은 하고 싶은 대로 하고 싶어지지요. 그래서 청소해야 하는데 먼지 피해서 다니고, 강아지와 산책하러 가야 하는데 계속 소파에서 빈둥거리게 돼요. 그러면 식사를 하면서도 찝찝하고, 강아지는 자꾸 낑낑거리며 따라다니지요. 오후에 다시 낮잠을 자더라도, 일단 눈을 떴다면 개운하게 씻고, 청소부터 해 봐요. 하루가 상쾌해질 거예요.

일에 파묻혀 사는 것도 경계해야 하지만, 잠깐 힘을 써서 개운해지는 일이라면, 먼저 하는 습관이 삶을 건강하게 사는 비결이에요.

요즘 너의 모습

항상 짜증 내라!
쉬지 말고 불평하라!
범사에 걱정하라!

비곗덩이 만드는 법

꽃밭은 그냥 두면 잡초밭이 되고,
몸은 그냥 두면 비곗덩이가 되며,
생각을 그냥 두면 걱정이 된다.

보이는 것부터 잘해

몸은
드러난 마음이다.

보이는 몸도
관리 못하면서

보이지 않는 마음을
관리한다는 건

내일부터 살 뺀다는 말처럼
거짓말이다.

그건 네 착각

쉬는 것을 좋아하는 것이라고 부르지 말고,
편한 것을 하고 싶은 것이라고 착각하지 마라.

그건 그냥 회피고 의지박약이다.

너는 바보

똑같이 먹으며
살 빠지기를 바라고,

똑같이 운동하며
예뻐지기를 바라고,

똑같이 일하며
돈 벌기를 바란다.

같은 행동에 다른 결과를
바라는 사람을 바보라고 부른다.

밀물 썰물

마음에도
밀물과 썰물이 있어

밀물에는 바다였던 마음이
썰물에는 자갈밭이 돼.

이렇게 꼬일 수도 있나 싶기도 하고,
도대체 뭘 할 수 있나 싶기도 하지.

그렇게 좋았던 마음이 지옥이 되기도 하고,
그렇게 좋았던 사람이 웬수가 되기도 하지.

이것조차 밀물이 오면 추억이 될 거니
좌절하지 말고 기다리면 돼.

자갈밭에 다시 물이 찰 때까지.
내 마음이 다시 바다가 될 때까지.

OOO

일희일비하지 말라는 말은 사람이 일희일비하기 쉬워서 하는 말이에요. 상황은 변한 게 없는데 갑자기 안 좋은 생각이 꼬리를 물어서 힘든 날이 있고, 안 좋은 일이 겹치고 겹쳐서 되는 일이 없고, 내가 정말 운이 나쁜 사람인가 싶기도 할 때가 있어요. 그러다가 시간이 지나면, 오지 않을 것 같던 평온한 날이 언제 그랬냐는 듯 찾아오기도 해요.

내가 뭘 그렇게 잘못해서 나쁜 일이 온 것도 아니고, 내가 뭐 그리 잘해서 좋은 일이 온 게 아닐 수도 있어요. 바다에 밀물 썰물이 있듯이, 삶에도 그냥 그런 날이 있어요. 너무 힘들고 할 수 있는 일이 없을 때는 그냥 마음 편히 지나가게 두세요. 어떤 판단도 결정도 미뤄 놓고, 잠시 시간을 갖다 보면 하나씩 풀리는 경험을 하게 될 거예요.

운동해도 안 빠지는 이유

1키로 뛰고서

1키로 먹으니까.

살을 빼지 않는 이유

내가 살 안 빼는 건
나같이 못난 게

너무 예뻐져서 사랑받을까 봐
걱정되기 때문이고,

내가 노력하지 않는 건
나같이 하찮은 게

너무 성공해서 인정받을까 봐
걱정되기 때문이며,

내가 세상을 욕하는 건
나같이 복 없는 게

감사하며 행복하게 살까 봐
걱정되기 때문이다.

04

나를 챙겨줘

소중해서

외롭다고 아무나 만나기엔
내 자신이 너무 소중하고,

고프다고 아무거나 넣기엔
내 몸이 너무 귀하며,

귀찮다고 아무것도 안 하기엔
내 젊음이 너무 아깝다.

외롭기로 작정하면 못 할 일이 없고, 외로움을 각오하면 못 갈 곳이 없다고 하는데, 잠시도 외로움을 참지 못해 아무나 만나면서 스스로 학대하는 경우를 보게 돼요. 또 보내주어야 할 인연인 걸 알면서 외로울까 봐 두려워 집착하며, 더 비참한 관계를 이어가기도 하지요. 남이 내 몸의 근육을 대신 만들어 줄 수 없듯이, 스스로 외로움을 견디고, 가끔은 외로움을 즐기고, 홀로 있는 맛을 알게 되어야 건강한 사람을 만나고, 인연을 오래 유지할 수 있어요. 혼자만의 시간이 없다는 건, 집에 들어가지 않고 계속 밖에서 술집, 밥집만 다니는 꼴이라, 점점 멘탈이 흐트러지고, 몰골이 흉해지는 거예요. 혼자 휴대폰 놓고, 산책도 하고, TV 끄고 음악을 듣고, 간단한 일기도 써보세요. 쉬는 시간을 잘 가져야 다음 시간을 잘 맞이할 수 있어요. 혼자 잘 있을 수 있어야 같이 잘 있을 수 있어요.

행복에 게으르지 말자

식사는 줄여도
미소는 줄이지 말고,

영양제는 못 챙겨도
여행은 꼭 챙기고,

미움은 숨겨도
사랑은 숨기지 말며,

운동은 게을러도
행복에 게을러지지 말자.

억울해도 어찌하겠는가

물려받은 재산 없으면
스스로 더 벌어야 하고,

물려받은 사랑 없으면
스스로 더 아껴야 하는 거야.

어릴 때는 부모 탓이지만
어른 되면 내 책임인 거야.

속상하고 억울해도 어쩌겠니?
원망하면 더 나빠질 뿐이니.

나를 극진히 챙기면

동네 개도
주인이 발로 차면 같이 차고,
안고 다니면 무시하지 않는다.

누군가 한 사람을 극진히 챙기면
남들도 그 사람을 무시하지 않는다.

내가 나를 극진히 챙기면
남도 나를 무시하지 않는다.

예쁜 게 죄지

남들이 뒤에서 욕하는 건
딱 하나, 내가 너무 예뻐서이고,

남들이 내 말에 반대하는 건
딱 하나, 내가 너무 잘나서야.

내가 너희 말을 못 들은 척하는 건
너희들이 안쓰러워서이고,

그래도 내가 너희 말을 따라 주는 건
가진 자의 배려인 거야.

오늘은 그렇게 위로해주자.
오늘은 그렇게 어깨에 뽕 넣어주자.

아낀다는 건

나를 아낀다는 건
그가 나를 위해
해주길 바라는 것처럼

남는 시간이 아니라
없는 시간 쪼개어 챙겨주고,

남는 돈이 아니라
없는 돈 쪼개어 챙겨주는 것

정기휴일

오늘은
근심 걱정 정기휴일

깜빡하고 온
근심 걱정은 돌아가세요.

일주일에 하루는 쉽니다.

사치

사치였던 화장품 챙기듯
사치였던 감정을 챙겨줘.

며칠째 거실에서
난동 피우는 원망이란 애는
차비 쥐여 밖으로 내보내고,

몇 달째 창고에서
울고 있는 아픔이란 애는
꼭 안아서 침대에 재워주고,

몇 년째 화단에서
말라 있는 설렘이란 애는
화분에 심어서 식탁에 놓아줘.

나를 위해 사치를 부려줘.
얼굴을 살피고 가꾸듯
감정도 살피고 가꿔줘.

나를 챙기고 사랑하는 기준은 그 시절에 따라 달라요. 예전에는 사치라고 생각했던 화장품, 휴대폰, 안마의자가 이제는 필수품이 되고 있어요. 그중에서 가장 중요한 사치였던 감정을 챙기는 것은 명품보다 더 중요한 필수품이 되고 있어요. 바쁘다는 핑계로, 남들도 그렇게 산다는 핑계로, 나중이란 거짓말로 미루지 않았으면 좋겠어요.

나는 누구보다 소중하니

나는 친구보다 소중하니
거울을 볼 때마다
친구를 볼 때처럼
잘 지내냐고 물어볼 것이고,

나는 아이만큼 소중하니
돈을 써야 할 때마다
아이에게 쓸 때처럼
망설이지 않을 것이다.

나는 연인보다 소중하니
연인에게 하는 것처럼
매일 사랑한다고 말해줄 것이고,

나는 학생들보다 소중하니
학생에게 하는 것처럼
나의 꿈을 묻고 응원할 것이다.

아들을 위해서는 소를 팔아 학교를 보내면서, 본인을 위해서는 양말 한 켤레 못사는 할머니 세대처럼 사는 당신을 안아드리고 싶어요. 예전에는 희생이 미덕이고, 인내가 상식이던 시절이었지요.

이제는 서로 희생하며 행복을 미루던 시절에서 스스로 행복을 찾고, 자신을 아끼는 시대로 변했어요. 나를 잘 가꾸고 살피는 것, 때로는 이기적으로 보이는 이 모습은 오히려 가족에게 부담을 주지 않는 일이며, 주위 사람을 제대로 사랑하고 보살필 수 있는 모습이에요. 자식들도 연인도 자기 스스로 관리하고 챙기는 부모와 연인을 좋아하고, 바라는 시대에요. 스스로 행복한 사람이 주변에도 행복을 전해줄 수 있으니까요.

까칠하다는 건 여리다는 것

속 여린 사람이
다칠까 봐 겉은 더 까칠하고,

속없는 사람이
들킬까 봐 겉은 더 화려한 거야.

까칠한 사람도
믿는 친구 앞에선 여린 소녀가 되고,

화려한 사람도
편한 친구 앞에선 동네 아저씨가 돼.

네가 만나는 사람은
너의 있는 그대로를 사랑해서
민낯에 면티도 편했으면 좋겠어.

까칠하고 예민한 사람들은 타고난 성향도 있지만, 상처가 많은 사람이 많고, 온전한 사랑을 받지 못한 경우가 참 많아요. 당신이 그렇다면, 스스로라도 많은 사랑을 주어 사람을 더 편하게 만나고, 세상을 더 아름답게 보길 바라요. 나를 아프게 한 상처가 앞으로도 나를 계속해서 힘들게 한다면, 너무 억울하잖아요. 그 상처가 예방주사처럼 상처받은 사람들의 마음을 이해해주고, 사랑해주는 좋은 힘이 되었으면 좋겠어요.

나는 내가 참 좋다

지금 말해주세요.
나를 안고 말해주세요.

지금 내 모습이 참 좋다.
지금 내 나이가 참 좋다.

지금 내 일이 정말 좋다.
지금 내 가족이 정말 좋다.
지금 이 순간이 정말 좋다.

가장 젊은 날
가장 좋은 날
지금 말해주세요.

줄 줄만 아는 당신에게

자꾸 해주면 만만한 줄 알고
습관처럼 시키고,

자꾸 짜증 내면 까칠한 줄 알고
자기가 알아서 한다.

일 잘하면 인정받을지는 몰라도
평생 일복이 넘치고,

잘 놀고 다니면 철없다고 할지 몰라도
평생 놀러 다니게 된다.

받을 줄만 아는 사람은 짜증 나고,
줄 줄만 아는 사람은 속 터진다.

∞

　한 사람의 희생으로 쌓는 관계는 오래가지 못해요. 관계는 서로의 배려로 쌓아가는 거예요. 주는 것도 습관이 되고, 받는 것도 습관이 돼서, 주는 사람은 시간이 없고 바쁘고 힘들어도 자기도 모르게 주고 있고, 받는 사람은 시간이 있고 여유가 있어도 가만히 앉아서 받는 게 당연해지게 됩니다. 그게 오래되면, 고마움은 사라지고, 모든 게 당연해지고, 해주던 사람이 안 해주면, 변했다며 오히려 화를 내지요. 한쪽에 너무 치우치면, 언젠가 넘치고 터지게 되어 있어요. 그런 이유로 오래 가던 커플이 헤어지고, 졸혼이 많아지게 됩니다.

　한쪽으로 치우친 관계는 오래갈 수 없는 건강하지 못한 관계예요. 당신 자신과 상대를 위해서라도 균형점을 찾아야 합니다. 불편해도, 어색해도, 곪아 터지기 전에 대화하고, 역할을 분담해주세요.

PART 2

마음은 아주 작은 것에 틀어져

감정은 보아 달라 보내는 신호입니다.
감정은 알아 달라 보내는 신호입니다.

감정은 만나줘야 사라집니다.
감정은 알아줘야 사라집니다.

01

감정은
만나야 사라진다

마음은 아주 작은 것에 틀어져

미안하다고 속상한 마음 참고,
고맙다고 서운한 마음 숨기지 마.
작은 감정이 쌓이면 큰 감정을 삼키는 거야.

줄 게 있어도,
받을 거 안 받으면 서운한 것처럼

미안한 게 많은 친구에게도
서운한 게 있으면 말해야 하고,

고마운 게 많은 엄마에게도
속상한 게 있으면 말해야 하는 거야.

마음은 아주 작은 것에 틀어지거든.

ooo

미안해서 참고, 고마우니까 차마 말을 못하고, 그렇게 덮고 숨기다가 언제부턴가 서로 서먹해지고 불편해지는 사이가 되었다고 하는 분이 참 많아요. 상대가 정말 소중한 사이라면, 그 관계를 건강하게 유지하기 위해서라도 불편한 마음을 잘 이야기 할 수 있어야 해요.

내 마음을 모두 잘 표현해야 해요. 그래야 오래가고, 그게 사랑입니다. 조금 어색하고 불편한 그것을 편하고, 부드럽게 말할 수 있는 관계가 성숙한 관계지요.

이자

감정을 숨기면
나중에 더 더러운 모습으로
이자까지 나온다.

표현해야 알아

보이지 않는 바람을 보여주려
깃발이 필요하고,

보이지 않는 감정을 보여주려
표현이 필요한 거야.

말하지 않으면서
어떻게 알아주길 바라니?

일곱 살처럼

사람은
슬프면 울고
기쁘면 뛰고

억울하면 말하고
속상하면 화내고
좋아하면 표현해야 하는 거야.

일곱 살이 하는 것을
일흔 살이 돼서도 해야 하는 거야.

나는 가끔

나는 가끔
배려심 많은 '고상이'보다
짜증 내는 '까칠이'가 되고 싶고,

딩하고도 말 못하는 '숙맥'보다
톡 쏠 줄 아는 '독종'이 되고 싶다.

웃지도 못하는 '내숭이'보다
크게 웃는 '주책이'가 되고 싶고,

울지 못하는 '속앓이'보다
건드리면 터지는 '울보'가 되고 싶다.

좋아한다 말 못 꺼내는 '소심이'보다
사랑도 쟁취하는 '뻔뻔이'가 되고 싶다.

🖤 감정엔 답이 없어요

"힘든 거 같아요.", "속상했던 거 같아요."라고 말하는 사람이 참 많아요. 이 표현이 의견을 말할 때는 상대를 배려하고 조율의 가능성을 열어둔 세련된 표현일지는 몰라도, 자기의 감정을 표현할 때는 쓰지 말아야 하는 표현이에요.

감정은 답이 있는 것도 아니고, 조율의 대상도 아니고, 더욱이 눈치를 볼 대상도 아니니까요. 의견을 말할 때는 상대를 살피는 게 배려지만, 자신의 감정을 표현할 때는 정확하게 표현하는 게 배려거든요. 그렇게 정확히 말하는 노력을 해야 자기의 감정도 더 정확히 살피게 되고, 상대도 내 마음을 정확히 알게 돼요.

싫다, 좋다는 판단의 말이라서 상대를 배려해 조심할 필요가 있지만, 나머지 감정을 표현할 때는 "많이 아프고 힘들어요.", "정말 신나고 기뻤어요."처럼 명확하게 말해주세요. 자기감정을 자기가 제대로 보지 않고, 표현해주지 않으면서, 다른 사람이 자기를 알아주길 바라는 건 안 되겠지요.

자기의 감정을 정확히 말 못하는 건 어쩌면 배려라는 이름으로 눈치 보는 게 습관이 된 슬픈 자아상일지도 몰라요. 이제부터라도 나를 챙기는 마음으로, 의견을 말할 때는 상대를 살피되, 감정을 말할 때는 자기를 살피고, 정확하게 표현해주세요.

여유가 없어서

냉장고에 여유가 없는 건
용량이 작아서가 아니라

남은 음식을
꽁꽁 싸 두었기 때문이고,

내 마음에 여유가 없는 건
속이 좁아서가 아니라

아픈 마음을
꽁꽁 싸 두었기 때문이다.

감정은 만나야 사라집니다

감정은 보아 달라 보내는 신호입니다.
감정은 알아 달라 보내는 신호입니다.

감정은 만나줘야 사라집니다.
감정은 알아줘야 사라집니다.

비가 아니라 마음이 온다

저건 비가 아니라 마음이 쏟아지는 거야.
숨기고 덮어야만 했던 외로움이 쏟아지는 거야.

저건 천둥소리가 아니라 마음이 폭발하는 소리야.
참고 눌러야만 했던 설움이 폭발하는 소리야.

저건 창문을 두드리는 게 아니라 마음을 두드리는 거야.
꽁꽁 싸매고 외면했던 그리움을 두드리는 거야.

그래서 우린 비가 오면 창밖을 보면서
덮어 놓았던 마음들을 하나하나 만나는 거야.

비는 먼지 따위를 씻으러 오는 게 아니라
우리 마음을 씻으러 오는 거야.

외로움이란 빚쟁이

늘 같이 살건만,
여전히 익숙하지 않은
외로움이란 녀석

오늘도 제대로 알아주지 않고,
진하게 안아주지 않으면,

한 발짝도 안 움직이겠다고
빚쟁이가 되어 나를 다그친다.

감정 여행

진짜 여행은
새로운 곳을 가는 게 아니라
새롭게 보는 시선이고,

진짜 해야 할 여행은
유럽 골목골목을 보는 게 아니라
내 감정 구석구석을 만나는 것이다.

있는지도 몰랐던
나만의 명소를 찾듯이

있는지도 몰랐던
내 감정을 만나는 것이다.

감정의 반란

어느 날 불쑥
당신 앞에 찾아온 외로움은

지난 세월 덮어놓고 눌러놓았던
감정의 반란이고,

무시하고 외면했던
사랑의 울부짖음이다.

02

화는
똥이다

화는 똥이다

화는 똥이다.

아무 데나 싸거나
아무 때나 싸면
짐승이다.

욱하는 건 성격이 아니야

못 참는 건
솔직한 게 아니고,

욱하는 건
정의로운 게 아니다.

그렇다고 타고난 성격도 아니며
그저 성숙하지 못한 것이다.

어른의 화는 달라야 한다

어른의 화는

자신을 위해
못 참는 어리석음이 아니라,

세상을 위해
안 참는 정의로움이어야 한다.

화는 비상벨

화는
부탁의 극단적인 표현이다.

마음에 불이 났다고
비상벨을 누른 것이다.

알아주지 않으면
그 불이 세상을 태운다.

화를 내는 건 어떻게 표현해도 내 말을 안 들어주고, 내 마음을 보아주지 않으니, 제발 내 이야기를 들어달라고 응급상황임을 알리는 비상벨을 누르는 거예요. 나에게서 마음의 거리가 너무 멀어졌으니, 안 들릴까 봐 큰 소리로 말을 하는 거예요. 제발 가까이 와서 내 마음을 보아 달라는 신호예요.

그때, 그 화를 또 다른 화로 받아치는 것은 불난 곳에 바람을 주는 거예요. 더 큰불을 내는 거지요. 지금까지 쌓았던 관계와 감정을 한순간에 잿더미로 만들 수 있는 위험한 행동이에요. 화를 내면 먼저 그 마음을 보아주어야 해요. '얼마나 급하고 힘들면, 얼마나 아프고 답답하면 이렇게 말할까?' 그때만큼은 우선순위를 상대의 입장에 두고 배려해주세요. 만약, 내 마음도 화가 차올라 배려할 마음의 여유가 없다면, 그 자리를 피해야 하고요. 같이 불을 지르면 대형 참사가 일어나니까요.

그런데 정말 응급상황에만 사용하여야 하는 비상벨을 습관처럼 누르는 사람도 있어요. "늑대다!"라고 매일 소리치는 양치기 소년처럼, 자주 화를 내는 사람은 외면당할 수밖에 없으니, 화를 내는 게 습관이 된 사람이라면, 주변 사람이 모두 떠나기 전에, 화가 아닌 대화로 마음을 표현하는 연습을 해야 해요.

03

오늘 내가
힘든 이유

내려놓아요

너를 힘들게 하는 그 생각
네가 붙잡고 있는 그 생각

이제 내려놓아요.

시키는 사람 없는데 들고 있고,
부탁한 사람 없는데 붙잡고 있는
그 생각 이제 내려놓아요.

자신을 그만 괴롭히고 이제 내려놓아요.

학대

쉴 때 쉬지 못하는 건
나를 학대하는 병입니다.

아무 일도 없는 사람처럼
아무것도 모르는 사람처럼
아무 생각도 없는 사람처럼
쉴 때는 쉬어주세요.

나에게 가혹한 사람은
남에게 가혹해집니다.

괴로움의 비결은 비교

괴로움에 빠지는
최고의 비결은

나보다 잘된 사람과
나보다 잘난 사람과
나보다 가진 사람과
나보다 젊은 사람과

비교하는 것이다.

그림자

단점은 장점의 그림자다.

햇빛이 빛나는 정오가 되면,
그림자는 보이지 않으니

그림자를 지우려
그림자 안으로 들어가지 마라.

　나의 단점이나 가까운 사람의 단점을 어떻게 고칠지 고민하고, 또 고치지 않는다고 싸우기도 하고, 속상해 하기도 해요. 단점을 고치는 데 초점을 맞추면, 계속 부정적인 이야기가 주제가 되고, 자존감은 바닥으로 떨어지며, 고쳐지지 않으면, 스스로 비관하거나 상대를 비난하게 됩니다.

　단점 없는 사람은 없어요. 그리고 어쩌면 단점은 장점의 그림자예요. 세심한 것이 장점인 사람은 소심한 게 단점일 수 있고, 적극적인 게 장점인 사람은 작은 것을 놓치는 게 단점일 수 있겠지요. 단점 말고 장점에 초점을 맞추어 장점이 더 빛나는 사람이 되도록 서로 도와주면, 기쁘고 따뜻한 주제로 이야기할 수 있어요. 그렇게 장점이 진짜로 빛나게 되면, 단점으로 느껴졌던 것도 오히려 매력으로 보이는 순간이 올 수도 있거든요. 그림자인 단점을 지우는 데 노력하지 말고, 장점인 햇빛의 한가운데로 오면, 단점마저 아름답게 빛날 거예요.

💕 말의 상처를 회복하는 방법

누군가의 말이나 행동으로 상처받았을 때, 그 상처가 마음을 닫게 하는 기억이 아니라, 나를 성장시키는 경험이 될 수 있기를 바라요. 물론 쉽지 않고, 여러 번 그런 경험을 한다고 해도 겪을 때마다 또 힘들겠지만, 그나마 방법이라도 알면 조금은 도움이 될 거예요.

∘ 마음을 만나준다.

먼저 지금 올라오는 감정을 피하지 말고, 만나주어야 해요. 속상하면 욕을 실컷 해도 좋고, 원망해도 좋아요. 욕하면 안 되고, 원망해도 소용없다는 생각은 잠시 내려놓아요. 있는 그대로 감정이 흘러가게 두어야 마음을 풀 수 있어요. 혼자서 또는 믿을 만한 친구 앞에서 속 시원하게, 너무 심했나 싶어 미안해질 만큼 안에 있는 말을 다 해보세요. 할 말이 떠오르지 않으면, 차 안에서 혼자 소리라도 실컷 질러 보세요.

∘ 나를 살핀다.

마음을 만나주고 나서 조금 진정되었다면, 요즘 내 마음이 어떤지 살펴봐 주세요. 여유가 있었다면 그냥 넘길 수 있는 말에 열등감 또는 자격지심이 있어서 더 힘들어한 건지, 과거의 안 좋았던 경험이나 상처 때문에 더 민감하게 반응하는 건 아닌지도 살펴봐

주세요. 상대방에 대해 좋지 않은 고정관념이나, 내가 너무 기대했기 때문에 그랬던 건 아니었는지도 살펴주세요. 힘들어하는 원인을 내 안에서 찾아보는 것만으로도 마음이 많이 가벼워져요. 내가 나를 이해하게 되는 거지요.

° 상대를 살핀다.

그 말이나 행동을 한 사람의 마음과 의도를 살펴주세요. 말은 거칠지만, 속마음은 오히려 나와 가까워지고 싶고, 자기를 알아달라는 간절함에 말한 건지도 몰라요. 아니면, 그 사람이 외롭고 힘들어 가시 같은 말을 한 건지도 모르지요. 잠깐은 그 사람의 입장이 되어서 나쁜 사람이나 적으로 생각하기보다, 연민의 마음으로 안쓰럽게 바라봐주고 이해해주세요. 그 사람을 위한 것이 아니라, 나 자신을 위한 일이에요.

° 관계를 결정하고 실행한다.

어떤 일 때문에 무슨 마음이 왜 들었는지 살펴본 후에는, 그 사람과 어떻게 지내고 싶은지 원하는 관계를 정해보세요. 더 친해지고 싶은지, 거리를 둘지, 관계를 아예 끊을지 정리해보세요. 용서를 할 수 있고, 이해가 된다고 해도 내가 불편하고, 원하지 않는 관계라면 가까이 지낼 필요는 없어요. 상황과 환경을 생각해서 스스로 감당하고, 행복하게 지내기에 적당한 거리를 선택하면 돼요. 선택한 관계에 따라서 만나야 하면 만나자고 전화하면 되고, 끊을 거면 모든 걸 차단하면 됩니다. 실행은 마음이 격할 때 하지 말고,

시간의 여유를 두고 행동해주세요. 혹시 나중에 후회할 수 있으니까요.

◦ 이런 기회에 감사한다.

이어 나갈 관계를 어떻게 결정했는지에 상관없이, 이 일이 상처가 아닌 성장의 기회임을 새기기 위해서 '이 일은 나를 성장시킨 고마운 일'이라고 마음속으로 이야기해주세요. 당장 어려우면 나중에 시간이 지나서라도 시도해주세요. 마음은 내가 정한 곳에 기억을 저장해 두거든요. "나를 성장하게 해주어 이 또한 고맙습니다."라고 말해주세요.

PART 3

사랑에 교과서가 있다면

그렇게 마주할 때마다
아픈 게 이별이기에

그렇게 또 마주할 때마다
사랑이 설렌다.

그러니 아프다는 건
아직 설렐 수 있다는 젊음이다.

01

어떻게 사랑할지

어떻게 사랑할지

사랑해서 만났으면
어떻게 고칠지 말고
어떻게 사랑할지 고민해라.

그러기에도 젊음은 짧다.

이런 사람과 연애하세요

따뜻이 바라보는 사람
예쁘게 표현하는 사람
정성껏 들어주는 사람
알뜰히 챙겨주는 사람
포근히 안아주는 사람

힘들 때 무조건 내 편인 사람
외로울 때 무조건 달려올 사람

아플 때 나보다 더 아파하는 사람
기쁠 때 나보다 더 좋아하는 사람

서로를 존중하는 사람
서로를 성장시키는 사람
자신을 가꾸고 관리하는 사람

어른을 섬기는 사람

가족을 챙기는 사람

아이를 아끼는 사람

이웃을 칭찬하는 사람

세상을 사랑하는 사람

일상에 감사하는 사람

자연에 감탄하는 사람

미래를 기대하는 사람

우리 가진 게 이거면 부자라는 사람

주고 나누는 것을 좋아하는 사람

일할 땐 무섭게 집중하고

놀 때는 철없는 아이 같은 사람

사랑이 뜨거울 땐 야수 같고

논쟁이 뜨거울 땐 스님 같은 사람

슬플 때 우는 사람

힘들 때 말하는 사람

그래서 안아주고 싶은 사람

너랑 있는 여기가 행복이라는 사람
지금 사는 여기가 천국이라는 사람
지금 우리 나이가 젊음이라는 사람

이런 사람과 살고 싶습니다.
이런 사람으로 살고 싶습니다.

사랑의 증거

매일 보던 하늘이 아름답고
짜증 나던 하루가 즐겁다면
사랑하고 있다는 것

아침에 저절로 눈이 떠지고
흘러나오는 노래에 흥얼거린다면
사랑하고 있다는 것

메시지 알람 소리가 반갑고
주말이 기다려진다면
사랑하고 있다는 것

더 좋아하면 약자

내가 눈치 보는 건
내가 부족해서가 아니라
내가 더 좋아해서이고,

내가 사과하는 건
내가 잘못해서가 아니라
내가 더 사랑해서야.

더 좋아하는 사람이 약자라도 좋아.
더 좋아하는 만큼 나는 더 행복하니.

사랑의 열망

심장이 있는 모든 사람은
사랑의 열망을 품고 산다.

아무리 숨겨놓고, 꽁꽁 덮어 놓아도
불씨 하나, 바람 하나에 불이 붙는다.

들불이 되어 마음을 태우고
산불이 되어 감정을 집어삼킨다.

나이도, 경험도, 상황도,
그 불 앞에선 무용지물이다.

왜 아줌마도 아저씨도 로맨스 드라마에 설레고, 노랫말에 금방이라도 그 사람이 된 것처럼 마음이 울컥한 걸까요? 우리는 이런저런 이유로 덮고 숨기고 참고 있을 뿐, 모두가 사랑에 열망하고 있어서예요. 난 아니라는 사람은 아마도 사랑뿐만 아니라, 모든 감정이 메말라 있는 사람일지 몰라요. 마음이 말랑한 사람이라면 누구나 사랑을 열망해요. 그건 어쩌면 마음이 건강하다는 증거예요.

철없이 받는 사랑을 해

참고 기다리는 사랑 말고
철없이 받는 사랑을 해.

너희 부모님이 아시면
얼마나 속상하시겠니?

봉사활동 온 거 아니면
최소한 주고받는 사랑을 해.

그런 사람 만나는 것도 습관 되고
그런 사랑하는 것도 습관 되는 거야.

기울어진 사랑은
결국 혼자 다치고 무너져.

기울어진 사랑은 고이 간직했다
나중에 자녀에게만 실컷 사용해줘.

사랑은 노력이다

사랑은 노력하는 게 아니라고?

호랑이가 토끼를 좋아하는 건
노력 없는 본능이지만,

호랑이가 가족을 살리는 건
끊임없는 노력인 거야.

사랑할 때 각오해야 하는 것

개 키울 땐
똥 치울 각오를 하고,

일할 땐
힘들 것을 각오하고,

사랑할 땐
외로울 것을 각오하라.

싸우는 모습이 인격

미안해 한마디면 돼

"미안해."
"내가 잘못했어."
한마디면 될 것을
너도 이게 문제라며 같이 화를 내고,

"힘들었지."
"수고했어."
한마디면 될 것을
나도 힘들다며 같이 짜증 내지 마.

몰아두었다 날 잡아서
서로 상처 주는 것도 습관 되고,

어른답게 금방 풀고
서로 안아주는 것도 습관 되는 거야.

"나는 성격이 원래 그래.", "난 말 잘 못 하는 거 너 알잖아." 이렇게 포기하지 말아요. 말을 못 했지만 말을 배웠고, 글을 몰랐지만 글을 배웠고, 운전이 필요해서 운전을 배우듯이, 사람이 서로 함께 지내려면, 특히 사랑하는 사람과 함께 잘 지내려면, 반드시 대화하는 법을 배우고, 서로 연습해야 해요. 처음 운전할 때 주차가 어색하고, 고속도로가 힘들었지만 시간이 지나면 익숙해지듯이, 서로 성숙한 대화를 하고, 사랑을 표현하는 것도 연습하면 좋아져요.

나이를 떠나서 표현하는 법을 모르면 평생 힘들게 돼요. 그러니 표현하는 게 어렵다고 포기하지 말고, 연습하고, 상담받으면서 더 많이 웃고, 더 많이 안아주고, 알아주기를 바라요.

밀당은 나를 움직이는 것

밀당은
나를 위해 상대를 밀고 당기는 게 아니라
상대를 위해 나를 밀고 당기라는 거야.

뜨겁게 사랑할 때는 망설이지 말고
나를 밀어 속도를 높이고

천천히 가려 할 때는 집착하지 말고
나를 당겨 속도를 늦추라는 거야.

건강을 위해 쇳덩이 밀고 당기듯
사랑을 위해 힘을 쓰라는 거야.

밀당은 나를 위한 어장 관리법이 아니라
서로를 위한 사랑 관리법이야.

연인이 사랑할 때 시간이 지날수록 상처만 쌓인다면, 용기 내어 헤어지는 게 좋은 경우도 있지만, 서로 노력하지도 않으면서 상대만 탓하는 경우에는 상대가 바뀌어도 그 사랑이 온전히 오래갈 수는 없어요.

사랑은 세상 어느 인정보다도 큰 기쁨이고, 행복이에요. 그렇게 소중한 것을 지키는 데는 어느 정도의 노력이 있어야 해요. 하다못해 차를 관리하는 데도 시간과 정성이 들어가고, 반려견을 키우는 데도 비용과 정성이 들어가잖아요.

상대를 조정하는 부정적인 밀당이 아니라, 상대를 위해 나를 맞추어주는 사랑의 밀당을 시작해보세요. 서로의 눈빛과 서로의 몸짓으로 하나 되어 움직이는 살사댄스처럼 서로의 속도와 방향에 익숙해질 때쯤 혼자가 아닌 둘이 얼마나 더 아름답고 멋진지 알게 되지 않을까요?

남친 명심보감

판사 아니니
심판 말고

교사 아니니
정답 말고

욕먹기 싫으면
내 편만 들면 돼.

　좋은 남자친구나 남편 되기도 힘들고, 좋은 여자친구나 아내 되기도 참 힘든 세상이에요. 배울 건 많고, 요구하는 건 더 많아지고, 비교 대상은 연예인이니 버겁고 힘든 게 사실이지요. 그래도 소중한 사랑을 지키는 일이니 배우고 노력해야겠지요. 옛날과 비교하면 안 되고, 어릴 적과 비교하면 너무 달라진 시대니까요. 제목을 남친 명심보감이라고는 했지만, 여성들도 똑같이 바라기만 하지 말고, 서로의 마음을 알아주는 사랑을 하길 바라요.

종이컵엔 일회용 커피

내가 더 사랑한다고 하더니
내가 더 힘들다 하고,

보고만 있어도 좋다고 하더니
폰 보며 말하라 한다.

서로 들어 달라 소리치고
서로 알아 달라 화낸다.

서로 변했다고 원망하며
서로 바꾸려다 지쳐간다.

여전히 소중하다면
바라지 말고 먼저 들어주고,

아직 사랑한다면
탓하지 말고 먼저 알아줘라.

설레던 시절, 잠 못 이루었던 밤,
그리워 달려갔던 그때를 생각해라.

진짜 사랑이란,
처음 보는 사람과 설레는 시작이 아니라
처음 보듯 설레게 시작하는 노력이다.

네가 얇은 종이컵이라면
어울리는 건 일회용 커피뿐이다.

ooo

　사랑의 시작은 노력이 아닌 끌림일지 몰라도, 사랑을
유지하기 위해서는 노력해야 해요. 연인 사이가 그렇고,
부부 사이면 더욱 그렇지요. 특히 서로가 힘들면, 입도 닫
고 몸도 멀어질 수 있으니, 바라고 탓하지만 말고, 서로
한발씩 다가가는 노력도 하고, 새록새록 처음 만날 때처
럼 추억도 만들어가며, 서로를 더 귀하게 대하는 연습과
노력을 해보기를 권해요. 소중하다면 소중한 만큼 노력
해주세요.

소중한 사이라면 거리를 지켜줘

매일 보면 기다림 없고,
방귀 트면 설렘 없어.

기다릴 만큼 거리와
설레일 만큼 예의가
사랑을 지키는 거야.

잡은 두 손은 박수 칠 수 없고,
닿은 입술은 말을 할 수 없어.

소중한 사이라면 거리를 지키고,
소중한 사람이라면 예의를 지켜줘.

눈맞춤은 입맞춤보다 설렌다

뻔한 입맞춤보다
진한 눈맞춤이 설레고,

숙제 같은 뜨거운 밤보다
손잡고 걷는 길이 설렙니다.

진한 술보다
따듯한 차에 마음을 열고,

밥값 계산보다
반찬 챙겨줄 때 심쿵합니다.

마음은 뻔한 한방보다
잔잔한 진심에 흔들립니다.

진 꽃

관계가 불안해질 때는
그 사람보다 더 바쁘게 살고,
그 사람보다 더 열심히 살아.

꽃이 지면 벌은 떠나는 거야.
진 꽃 들고 벌을 쫓지 말고,
꽃을 피워 벌이 오게 해야 해.

어른의 사랑

아파도
보내야 하는 사랑이 있고,

힘들어도
안아야 하는 사람이 있다.

그게 사랑이다.

사랑의 열쇠와 헌법

좋을 때 잘하는 건 좋아하는 거고,
싸울 때 잘하는 게 사랑하는 거다.

좋아하는 거 챙겨주는 것보다,
싸울 때 풀어주는 게 사랑이다.

상대가 화났을 때 풀어주는 게
사랑의 열쇠고

서로 화났을 때 푸는 방법이
사랑의 헌법이다.

사랑의 열쇠를 가지고,
사랑의 헌법을 지키는 사이가
사랑하는 사이다.

설렘이 지나 서로 부딪히고 싸움이 시작됐다면, 서로 가 꼭 말해주고 알아야 하는 것이 화날 때 서로가 어떤 패턴을 보이는지예요. 그리고 어떻게 하면 풀리는지도 서로 말해주고 알고 있어야 해요.

그래서 한쪽이 화가 나면 한쪽이 잘 풀어주어야 해요. 좋을 때가 아니라, 이때가 사랑이 필요한 때이고, 이때를 잘 넘겨야 서로의 사랑을 오래 지킬 수 있어요.

그런데 둘 다 화나서 싸울 때는 모든 게 물거품이 되지 요. 한 사람은 완전히 회피하고, 한 사람은 끝을 보자며 덤비는 경우도 있고, 서로 못 할 말까지 하며, 상처를 주 기도 해요. 서로 지쳐서 싸움을 멈추고, 억지로 한쪽에서 사과하고 넘어가지만, 점점 시간이 지날수록 이런 간격 이 좁아지고 강도가 점점 세지게 되지요.

서로의 방어기제가 너무 미성숙하다면, 조금 더 성숙 한 방어기제를 사용하도록 노력해야 해요. 너무 못 참고 소리를 지르거나, 상대가 말할 때까지 기다려주지 못하 고 조급하게 다그친다면, 조금이라도 기다리는 연습을 하거나, 무조건 말을 안 하고 피하는 성격이라면, 조금만 생각할 시간을 달라고 양해를 구하는 노력을 해야 해요.

대부분의 패턴은 쉽게 고쳐지지 않으니, 서로 이런 경 험이 있다면 둘만의 헌법을 정해야 해요. 내가 화낼 때 해주어야 하는 것, 네가 화날 때 해주어야 하는 것, 서로가 화났을 때, 내가 노력해야 하는 것과 네가 노력해야 하는 것, 그리고 절대로 하지 말아야 하는 것을 정해서 적어야 해요.

예를 들면,

-나는 화가 날 때 조급하게 구니까, 화가 나면 무조건 5분간 산책 갔다 오기
-넌 너무 말 안 해서 답답하니까 5분 정도 쉬었다가 마음을 이야기하기
-절대로 서로 막말하거나 헤어지자는 말은 하지 않기 등

이렇게 서로 극에 치달았을 때, 지키고 노력해야 하는 내용을 상의하고, 정해서 지키는 노력을 해 나가야 서로의 마음을 다치지 않고, 사랑을 오랫동안 이어갈 수 있어요.

좋아하는 건 서로가 하고 싶은 대로 하는 거고, 사랑한다면 서로를 보아주고, 맞추어주는 거예요. 사랑의 열쇠를 만들어 사랑하는 사람이 화가 났을 때 잘 풀어주고, 사랑의 헌법을 만들어 서로가 싸울 때 슬기롭게 지나가 주세요.

싸우는 모습이 인격

별을 보려면
밤을 지나 봐야 알고,

사람을 알려면
마찰을 겪어 봐야 안다.

진짜 사랑은
좋은 때가 아닌
싸울 때 구별된다.

　연애할 때 좋았는데 결혼하면서 싸우고, 맞벌이할 때
는 좋았는데 아내가 일을 안 하니 막 대하고, 건강할 때는
좋았는데 아프니까 짜증 내면서 관계가 힘들어지는 경우
가 많아요. 여유 있을 때는 친절하다가, 내가 조금만 힘들
어지면, 상대를 배려하지 못하는 미성숙한 사람은 함께
생활하기 어려워요. 그 사람의 크기는 채워 봐야 알고, 그
사람의 강도는 바람이 불어 봐야 확인이 돼요. 내가 힘들
때 상대를 안아주고, 내가 버거워도 상대를 챙겨주는 사
람이 진짜 좋은 사람이고, 그게 진짜 어른의 사랑이지요.
그런 사람이 되어주고, 그런 사람을 만나주세요.

좋은 사람을 만나고 있는 증거

좋은 사람은 내게 확신을 주어
나쁜 관계를 끊게 하고,

좋은 사람은 내게 따듯함을 주어
세상을 아름답게 보게 해줘.

좋은 사람은 나를 아껴주어
나를 소중히 여기게 해주고,

좋은 사람은 내게 힘을 주어
내가 더 좋은 사람이 되게 해.

OOO

　사람을 만나는데 마음이 불안하고, 조급해지고, 세상이 원망스럽게 느껴진다면, 좋은 사람과 좋은 관계를 이루고 있는 건 아니에요. 좋지 못한 관계에 익숙해지면, 힘들어 하면서도 헤어지지 못하기도 하고, 헤어진 후에도 또 비슷한 사람을 만나는 경우가 진짜 많아요. 좋은 사람이 아니다 싶으면 빨리 그 사람과 헤어지고, 그 근처도 가지 말아주세요. 그리고 내가 좋은 사람이 되도록 노력해주세요. 그러면 나를 더 좋은 사람으로 만들어 줄 좋은 사람이 나타날 거예요.

처음처럼

제대로 일하려거든
지금 일을 처음처럼
다시 백 일을 해보고,

세대로 노래하려거든
지금 노래를 처음처럼
다시 백 번을 부르면 되고,

제대로 사랑하려거든
지금 연인을 처음처럼
다시 백 일을 사랑하면 된다.

할 거면 제대로

제대로 사과하지 않으면
괜히 말만 걸다 싸움만 커지고,

제대로 빼지 않으면
괜히 굵기만 하다 요요만 오고,

제대로 일하지 않으면
괜히 고생만 하다 욕만 먹는 거야.

온전히 하지 않고
알아주지 않는다고 서운해 하는 건

설익은 밥 주고
맛있게 먹으라고 부탁하는 거야.

　서로 싸웠거나 상대가 힘들어할 때, 위로나 사과를 하려다가 서로 더 큰 상처를 주고받는 경우가 많아요. 줄 때는 온전히 줘야 하는데 '내가 이 정도 다가갔으니, 너도 이 정도는 해주어야 해.'라는 조건이 마음속에 있다면, 상대도 온전한 마음이 아님을 알아채고, 오히려 싸움이 더 커지게 돼요. 내가 마음을 쓸 때는 제대로 써야 해요. 상대의 마음이 모두 풀리고 눈빛이 따듯해질 때까지는 내 이야기를 꺼내서는 안 돼요. 내가 먼저 상대의 짐을 모두 내려놓게 도와준 후에 서로 쉬었다가 내 짐도 도와달라 이야기해야 해요. 상대가 여유가 생겨 내 짐을 봐줄 때까지 마음을 쓰며, 기다려야 해요. 그게 소통이고, 배려고, 사랑이고, 어른다운 모습이에요. 나의 온전한 마음만 상대의 마음에 온전히 닿을 수 있어요.

03

노력 할래 이별 할래

바닥

호수가 바닥을 보이면
물고기가 살 수 없고,

사람이 바닥을 보이면
예전처럼 살 수 없어.

바닥을 보는 건 악몽이고,
보이는 건 수치이며,
반복되면 쓰레기야.

바닥을 볼 관계는
더 비참해지기 전에 정리하고,

바닥을 본 관계는
인생을 망치기 전에 정리해.

　힘들더라도, 아프더라도 바닥까지 드러내는 관계는 피해야 해요. 한 번 드러낸 바닥은 또 드러나고, 그건 삶의 추락과 인격의 종말로 연결되는 경우가 많거든요. 그렇게 바닥을 보인 사람이 있다면 미련 갖지 말고, 나를 지키는 마음으로 떠나주세요. 처음에는 10에서 바닥을 보였다면, 다음에는 7에도 바닥을 보이고, 그다음에는 3에 바닥이 드러나고, 그러다가 일상이 바닥으로 떨어지게 되거든요. 서로를 위해, 더 상처 주고받기 전에 떠나서 새로운 인연을 만나는 게 최선의 길이예요.

잘못보다 고집이 멍들게 해

매번 같은 잘못에
매번 화를 낸다면
화내는 사람이 더 잘못이다.

그건 복숭아에게 털 날리지 말라는 거고,
부모도 못 한 걸 고치려는 고집이다.

털보다 그 고집이 서로를 멍들게 한다.

복숭아가 달콤하면 털은 감수하고,
감수할 만큼 달콤함이 없으면 떠나면 된다.

천도복숭아로 거듭나는 건 하늘의 일이다.

마음이 없는 거지

그렇게 전화해대더니
이젠 문자도 안 보는 건

시간이 없어서가 아니라
마음이 없어서이고,

그렇게 선물 주더니
이젠 밥값 낼 때도 딴짓하는 건

돈이 없어서가 아니라
마음이 없어서 그런 거야.

🖤 이별 중인 너에게

이 글은 DM으로 이별의 아픔을 상담해드린 내용을 편집한 내용입니다. 이별 중인 분들에게 작은 위로가 되기를 바라요.

OO 님,
2년 반이나 만난 사람과
사랑하고 헤어졌으니
그 빈자리가 느껴질 때마다
얼마나 외롭고 아플까요.

주위가 온통 추억일 텐데
일상에서 떠오르는 순간마다
얼마나 그립고 허전할까요.

뭘 해도 아프고 어떤 위로도
그 아픔을 대신할 수 없을 때예요.

살면서 몇 안 되는 가장 힘든 시기예요.
그저 가장 아플 때구나, 너무 힘들 때구나
나에게 말해주고 인정해주세요.
군대 훈련소에 갔다 생각하고

하루만 버텨보자, 한 주만 버텨보자 하는
마음으로 달력에 가위표 치며 버텨주세요.

술을 마셔도 좋고
춤을 추어도 좋고
노래를 실컷 불러도 좋고
하루종일 넷플릭스를 봐도 좋아요.
혼자 있는 시간을 줄이고 바쁘게 지내봐요.

그리고 마음이 조금 나아질 때쯤
좋은 추억과 행복한 사랑을
마음에 남겨준 남친에게
그동안 행복했다고 고마웠다고
마음으로 인사하며 완전히 보내주세요.

미련도 원망도 아쉬움도 모두 보내주세요.
좋은 기억만 남기되
인연은 여기까지라고 딱 잘라주세요.
힘들더라도 그것이 나를 아끼고 사랑하는 길이고,
가장 빨리 마음을 정리하는 방법이에요.

그리고 자연스레 다음 사랑이 찾아오면
그땐 더 마음을 알아주고 표현하며
소중한 만큼 소중히 아끼고 가꾸는 노력도 해보세요.

초등학생처럼 서로 미숙하게 사랑을 주고받고 아파도 했으니,
이제 다음에는 조금 더 성숙한 사랑도 해보길 바라요.

○○ 님의 삶과 사랑을 응원해요.

사실

변하지 않는 게 있다면
모든 것이 변한다는 사실

시작이 있는 모든 것은 끝이 있고,
나타난 건 사라진다는 사실

사랑은 변하게 되어 있고,
사람은 변할 수밖에 없다는 사실

마음은 약속의 대상이 아니다

"변하지 않을 거라 했잖아."
"영원히 사랑할게."

그렇게 말하고 싶고,
그렇게 믿고 싶고,
그렇게 바랄 뿐인 것이다.

마음은 약속의 대상이 아니고
지금의 상태이고 바람이다.

이제 인정하자

사랑이
어떻게 변하냐고?

안 변했으면
너랑 시작도 못 했어.

이제
가슴이 안 뛰냐고?

매일 가슴 뛰면 심장병 걸려.

노력 할래 이별 할래

혼자 있을 때보다
같이 있을 때 더 외롭고,

설레는 시간보다
다투는 시간이 많다는 건

노력하거나, 헤어지거나
선택할 시간이라는 거야.

말해도 알아주지 않으니 말수는 줄고,
아파도 보아주지 않으니 목소리가 커진다면
선택할 시간이 온 거야.

노력하고 싶지 않거나
노력해도 그 자리라면,

성격파탄자 되기 전에
미련 접고 빨리 떠나.

ㅇㅇㅇ

　서로 사랑하면서 설렌 시간보다 다툼과 불안의 시간이
더 많다는 분들이 있어 마음이 아파요. 예전의 상처 때문
에 불안해하지 말고, 헤어질까 미리 걱정하지도 말고, 하
루하루를 그저 행복하게 사랑하는 데 집중해주세요. 시
간이 너무 아깝잖아요. 그리고 처음에 잘해준 기억으로
이미 마음이 떠나버린 사람을 억지로 붙잡고 있지도 마
세요. 당신이 너무 불쌍하고 안쓰럽잖아요. 마음이 떠난
사람은 그만 빨리 보내주고, 자신을 더 챙겨주세요. 다음
인연을 더 잘 만나기 위해서라도 자신을 아껴주세요. 그
사람과 행복할 시간이 많을 것 같으면 노력해서 붙잡지
만, 힘든 시간이 많아질 게 보이면 눈 딱 감고 헤어져 주
세요.

이별

다시 볼 수
있을 줄 알았어요.

또 올 수
있을 줄 알았어요.

그때가 이별인 줄,
그 모습이 마지막인 줄 알았다면,

한 번 더 바라보고,
한 번 더 안아주었을 텐데,
그렇게 말하고,
그렇게 보내주지는 않았을 텐데.

빈자리

별거 없던 한 끼가
나를 살리고 있던 걸
단식을 하고야 알았고,

별거 없던 너와의 시간이
나를 살게 했던 걸
네가 떠난 뒤에야 알았다.

이별을 축하해

어떤 포기는 시작보다 아름답고,
어떤 이별은 만남보다 축하 받아야 한다.

정이 들었어도 멈춰 선 차는 갈아타고,
많이 왔어도 잘못 탄 차는 내려야 한다.

만남은 설렘을 주고,
이별은 성장을 주기에
어떤 이별은 만남만큼 축복받아야 한다.

이제 떠나라 제발

왜 그렇게 사는지
왜 그런 사람 만나는지

그렇게 싫다며
나오지 못하는 너

더 물들기 전에 그만 나와.
더 썩기 전에 그만 나와.
더 닮기 전에 그만 떠나.

ㅇㅇㅇ

뜨거우면 손을 놓고. 힘들면 짐을 놓고. 못 살 거 같으면 제발 그곳을 떠나요. 그 사람 때문에 힘들고. 아파하면서도 그곳에 머물며 자신을 학대하지 말아주세요. 나와도 괜찮아요. 떠나도 살 수 있어요. 새로운 출발 겁내지마요. 우리가 손잡고 응원해줄게요.

아프다니 다행이야

주사를 맞아봤다고
안 아픈 게 아니고,

이별을 해봤다고
안 아픈 게 아니다.

그렇게 마주할 때마다
아픈 게 이별이기에

그렇게 또 마주할 때마다
사랑이 설렌다.

그러니 아프다는 건
아직 설렐 수 있다는 젊음이다.

이별의 예의

이별할 때는 그가 아닌
너에게 예의를 지켜야 해.

너에게 예의가 없던 그를 보내며
너만 끝까지 예의를 지킬 거니?

이별할 때는 그가 아닌
너를 안쓰럽게 봐야 해.

아프게 한 그가 안쓰럽다면
아팠던 너는 누가 챙길 거니?

사랑할 때는 오직 그만 생각했으니
이별할 때는 오직 너만 생각해줘.

PART 4

인생 공부

진짜 일은
의무를 벗어야 만나고,

진짜 사랑은
조건을 벗어야 알 수 있으며,

진짜 공부는
학교를 졸업한 후에 시작된다.

01

관계가
힘든 너에게

충고는 뽀뽀다

충고는 뽀뽀다.

아무 데나 하거나
아무 때나 하면
추행이고 폭행이다.

　뽀뽀를 하려면 밥도 먹고, 차도 마시고 단둘이 분위기 있는 곳에서 서로의 호감이 넘치는 순간에 해야 하는 것처럼, 충고는 싸울 때 하는 게 아니라, 가장 분위기 좋을 때 해야 충고로 받아들여져요. 아이나 연인에게 충고하고 싶다면, 단둘이 데이트를 시작해야 해요. 뽀뽀라는 목적을 내려놓고, 온전히 상대를 위하는 마음으로 함께 시간을 보내다 보면, 서로의 마음이 가까워지고, 서로의 눈빛이 따뜻해집니다.

　이 과정을 생략하고 급한 마음으로 충고하면, 그저 잔소리일 뿐이고, 폭력으로 느껴지게 되거든요. 가족이라도 여러 명이 같이 만나면, 서로 제대로 된 마음을 나누기 어려우니, 반드시 둘이서 별도의 시간을 내어야 하고요. 서로가 마음을 알고 진심을 전할 수 있는 분위기가 되었을 때, 마음을 담아 정성스럽게 충고해주면 돼요. 연인의 손을 한번 잡으려 애썼던 그때처럼, 아이에게 엄마 아빠 소리 한번 들으려 애썼던 그때처럼 정성을 다하면 충고도 사랑으로 받아들이게 돼요. 이렇게 한 번을 성공하고 신뢰가 쌓이면, 그다음은 점점 더 쉽게 뽀뽀하는 사이가 되겠지요.

맑은 마음의 그릇

말은
마음의 그릇이다.

따스함을 담으면
위로가 되고,

사랑을 담으면
꽃이 되며,

비난을 담으면
쓰레기통이 된다.

욕은 방귀다

욕은 방귀다.

소리 듣는 건 내 귀이고
냄새나는 건 내 마음이며
떨어지는 건 내 수준이다.

고치려는 마음만 고쳐

서로를 위해
고칠 건 딱 하나.

서로를 고치려는
마음만 고치면 되는 거야.

조언이라 말하는 지적질

꿈의 날개를
부러트리는 가장 큰 짓은

조언이란 미명으로
걱정돼서 하는 말이라며 저지르는
꼰대와 친구들의 지적질이다.

🖤 5:1 단짠의 법칙

아무리 좋은 의도로 얘기해도, 듣는 사람이 준비되어 있지 않으면, 배부른 사람에게 억지로 음식을 주는 것과 같이 불편하고, 짜증 나게 돼요. 음식이 부족하던 예전에는 누구에게나 음식을 주는 것이 미덕이었지만, 요즘은 각자가 알아서 먹을 수 있게 배려하는 것이 예의인 것처럼, 지식과 정보가 넘치는 이 시대에는 먼저 묻지 않는 한, 조언이나 충고는 하지 않는 게 예의예요. 원하지 않는데 던지는 말은 아무리 뜻이 좋아도, 조언이 아니라 지적질이라고 부르게 되거든요.

조언이 좋은 뜻으로 받아들여지기 위해서는 서로 적절한 관계가 형성되어 있어야 해요. 믿고 따르는 멘토와 멘티, 어른으로 인정받는 부모님, 존경하는 선생님, 친하면서 의지하는 친구 사이처럼, 조언했을 때 좋은 마음으로 받아들일 수 있는 사이만 조언해 주어야 해요. 그런 사이라 하더라도 조언해도 되는 상황인지, 조언을 받아들일 수 있는 마음의 상태인지도 살펴야 해요. 그렇지 않은 조언은 그저 자기 생각을 참지 못하고 말하는 것으로 받아들여져, 관계를 악화시키는 경우가 많아요.

잔소리와 말싸움으로 다투는 관계를 조언해줄 수 있는 관계로 만들고 싶다면, 5:1의 법칙을 기억하면 좋아요. 달달한 칭찬 5개에 짭짤한 조언 하나씩 넣는 단짠의 비율을 기억하세요. 처음에는 단맛이 강할수록 좋고요. 서로가 믿음이 쌓이면, 비율이 조금씩 변해도 편하고 따뜻한 대화를 이어갈 수 있게 돼요. 내가 사랑을 고백할 때, 상대가 들을 준비가 된 것을 분위기로 짐작할 수 있듯이, 조언하기 전에는 상대가 내 눈을 바라보고 내 이야기를 듣고 싶어 할 때, 조언해주는 연습을 해주세요. 사람에게 긍정적인 영향을 주는 것은 정성에 정성을 더하고, 기다림에 기다림을 더해야 가능한 일이라는 것을 잊지 말아주세요.

쓰레기

뒤에서 한 말이
더 큰 분란을 만드는 건

말을 한 사람보다
말을 옮기는 사람 때문이다.

상대를 위한다는 핑계로
말을 옮기는 사람은

밖에 버린 쓰레기를
거실 바닥에 풀어놓는 사람이다.

입

입으로
들어가는 것은
몸을 만들고,

입에서
나오는 것은
인격을 만든다.

신발 안의 돌

신발 안의 돌은
부수는 게 아니라
털어버려야 하고,

매일 부딪히는 사람은
고칠 게 아니라
보내 버려야 한다.

막 대해도 된다는 게 아니야

배려받는 것을
권리로 착각하는 사람에게는

당연하게 받는 그것이
당연하지 않을 수 있다는 것을 보여줘.

말하지 않는 게
막 대해도 된다는 허락으로 아는 사람들에게

사람 고쳐쓰기 없기

외모가 좋아서
가진 게 많아서
가까이 있어서

사람을 고쳐쓰려는 것은
뒤로 가는 에스컬레이터에서
앞으로 가려는 것이다.

열심히 뛰어도 제자리이고,
한숨 돌리면 예전으로 돌아가 있다.

돌멩이

머리에 인
저들 바위보다

어깨에 진
내 돌멩이가
더 무거운 법이니,

나 또한
바위를 들었다 해도

저들 돌멩이를
가벼이 여기지 마라.

문제는 너의 시선

작품을 보고도
평가하는 사람이 있고,

하늘을 보고도
감탄하는 사람이 있다.

걱정은 평가하는 사람의 것이요,
설렘은 감탄하는 사람의 것이다.

나를 만나는 길

판단이란 안경 벗고
책임이란 짐도 벗고

경험이란 때도 벗고
의무라는 옷도 벗어 던지며

있는 그대로 느끼기
느끼는 그대로 표현하기

그게 나를 만나는 길

널 흔들 수 있는 건 너뿐이야

창문을 열지 않으면
너의 방에는 바람이 불지 않아.

너를 흔들 수 있는 건
너뿐인 걸 기억해.

너의 마음에는 창문이 있어
바람을 열고 닫을 수 있고,

너의 마음에는 커튼이 있어
햇볕을 열고 닫을 수 있고,

너의 마음에는 대문이 있어
손님을 받고 막을 수 있어.

세상이 널 힘들게 하면 귀를 닫고,
사람이 널 힘들게 하면 관계를 끊고,

사랑이 필요하면 문을 열고 나오면 돼.

넌 그걸 선택할 수 있어.

삶은 선택

삶이란
붙잡을 것과 놓을 것을
선택하는 과정

누구의 손을 잡기 위해
누구의 손을 놓아야 하고,

어떤 일을 하기 위해
어떤 일을 놓아야 하는 것

잡아야 할 것을 못 잡고,
놓아야 할 것을 놓지 못해 힘들고 아픈 것

네가 편하려고

지금 하고 있는 모든 일은
어쩌면 네가 편하려고 선택한 일이야.

하기 싫다던 그 일도
그걸 안 하면 더 불편할까 선택한 일이고,

못 참겠다던 그 일도
참지 않으면 더 커질까 봐 선택한 일이야.

친구에게 화를 낸 것은
그걸 안 하면 속 터질까 봐 선택한 일이고,

부모님께 효도한 것은
그걸 해야 마음이 편해서 선택한 일이야.

그러니 누구 탓 세상 탓 말고
너의 선택을 응원해줘.

그렇게 받고 싶어서

그런 위로 해주는 것도
그런 위로 받고 싶어서이고,

그런 뽀뽀 해주는 것도
그런 뽀뽀 받고 싶어서야.

맨날 받기만 했다면
너도 가끔은 돌려줄래?

먼저 해주고 기다리는
나 같은 숙맥을 위해.

다른 사람을 위로해주고 다른 사람의 말을 들어주는 상담가, 성직자, 집안의 어른, 연인 사이에서 더 안아주는 사람은 남들 챙기는 게 습관이 되어 자기를 챙기는 걸 잘 하지 못하고, 자신의 속 이야기도 안 하는 경우가 많아요. 그래서 누구보다 외로울 수 있어요.

그런 사람 곁에서 사랑받고 위로받는 분은 참 행복한 거예요. 그러니 행복한 만큼, 아주 가끔은 그분들이 해주는 것을 당신이 해주면 좋겠어요. 겉으로는 쑥스럽다고 해도, 속으로는 진짜 좋아하실 거예요. 어쩌면 기다리고 있을지도 몰라요. 워낙 주는 게 익숙하고, 주는 게 편하다고 하는 그분들의 행복을 응원하고 기도해요.

진짜 내 사람만 챙겨줘

모든 일을 다 잘하려고 하면
반드시 못 버티는 순간이 오고,

모든 사람에게 잘 보이려고 하면
반드시 상처받는 순간이 오는 거야.

잘할 수 있는 일도
때로는 다른 사람이 하게 두고,

잘 지낼 수 있는 사람도
때로는 오해하게 그냥 둬.

진짜 내 일과 진짜 내 사람을 위해.

　잘하던 일인데도 힘이 들고 여유가 없어서 제대로 못해 속상해하는 경우가 있고, 잘 지내던 사람과도 어느 날 마음을 제대로 나누지 못해 관계가 불편해지는 경우가 있어요. 모든 사람과 다 잘 지내려 애쓰다 지치고, 모든 일을 내가 하려다 실수하는 거예요.

　내 일과 내 사람이 아니라면, 때로는 그냥 그대로 두세요. 한정된 에너지와 시간이기에 모든 사람과 잘 지내고, 모든 일을 내가 잘하려는 건, 나를 학대하는 일이에요. 나를 내가 괴롭히는 일이에요. 내 사랑을 지키고 내 일만 제대로 하기에도 힘든 세상이에요.

관계는 힘쓰는 것

내가 참으며
살았다 생각했는데
그가 맞추며 살았다 하고,

그가 안쓰러워
떠나지 못했는데
나 아니면 누가 데리고 사냐 한다.

우리는 그렇게 서로 힘쓰며 살고 있다.

가까운 사람에게는 감정적이다

가까운 사람에게는
누구나 감정적이다.

숨김이 적어 수준이 드러나고,
가식이 적어 인격이 나타난다.

가까워서 더 다치기 쉽고,
맨살이라 더 상처가 깊어지는 법이니

편하게 대하되 무례하지 않아야 하고,
마음을 말하되 들어줄 줄도 알아야 한다.

이것이 기본이고,
기본을 실천하는 게 배려이며,
배려가 없는 사람은 혼자 지내야 한다.

틀

진짜 일은
의무를 벗어야 만나고,

진짜 사랑은
조건을 벗어야 알 수 있으며,

진짜 공부는
학교를 졸업한 후에 시작된다.

진짜는
틀이 사라질 때 드러난다.

변하고 달라지는 게 사람이야

한번 화냈다고
나쁜 사람이 아니고,

자주 웃는다고
웃긴 사람도 아니다.

몇 가지만 보고 판단하지 말고,
한 가지만 보고 바꾸지도 마라.

이 모습도 저 모습도 그 사람이다.

함께 잘 지내던 사람이 한번 화를 내는 것을 보고, 원래 저런 성격을 음흉하게 참았다고 하고, 평소에 잘 웃는 사람이 진지하게 말하니, 네 성격에 안 어울린다며 함부로 평가하는 경우가 있어요.

1년도 사계절이 있고, 하루도 밤낮이 있듯이, 이 모습, 저 성격도 모두 그의 모습으로 알아주고, 어떤 한 가지 모습에 호들갑 떨지 않았으면 좋겠어요. 사실 누구나 정도와 강도의 차이지, 때로는 진지하고, 때로는 아이 같고, 때로는 화도 짜증도 나고, 실수도 하기 마련이니까요. 내가 보지 않았던 모습을 본다면 변했다, 이상하다고 하지 말고, 새로운 모습, 또 다른 모습이라고 말해주세요.

감정도 길이 된다

감정도 길이 된다.
자꾸 가면 넓어지고 성격이 된다.

처음엔 너무 힘들어 짜증을 냈는데
이젠 아무 일 없어도 짜증이 나고,

한번 싸울 때 소리를 높이더니
이젠 싸울 때마다 소리가 높아진다.

처음 욱할 때 헤어지자 하더니
이젠 싸울 때마다 헤어지자 한다.

감정도 길이 된다.
가던 데 말고 가고 싶은 데 길을 내라.

ᴑᴑᴑ

아이들과, 연인 사이에, 부부 사이에 처음엔 안 그랬는데, 이젠 서로 만나기만 하면 싸우고, 상처를 주고 있다면, 마음과는 달리 자꾸 나도 모르게 화를 내고 있다면, 그 감정이 길이 된 건 아닌지, 습관이 된 건 아닌지 확인해 봐야 해요.

그리고 내가 원하는 방향이 아니라면, 그것을 고치고 싶다면, 서로 존댓말로 말하기, 목소리 높이면 벌금 내기, 한 달에 한 번 둘이서만 여행하기, 서로에게 칭찬 열 개씩 해주기, 서로의 마음 알아주는 대화법 찾기처럼 새로운 길을 가기 위한 방법을 찾고, 연습을 해야 해요.

한 번 길이 나면 자꾸 그 길로 사람이 다니듯, 감정에도 잘못된 길이 나면 고치기 어렵거든요. 잘못된 길이 고속도로처럼 뻥 뚫리기 전에 원하는 길을 잘 가꾸어 주세요.

감정 쓰레기통

공감 안 해준다고 화내는 건
구걸에 돈 적게 준다고 욕하는 거야.

내가 네 감정 쓰레기통이니?

너는 위로만 받고 싶다면서
나는 지적질 들어도 되는 거니?

너는 속 얘기 다 하면서
나는 속 얘기 좀 하면 안 되니?

네가 싫은 건 나도 싫고,
네가 원하는 걸 나도 원하고 있어.

마음이 굳어지는 나이

상처가 많을수록

나이가 많을수록

지위가 높을수록

가진 게 많을수록

배운 게 많을수록

생각은 많고

마음은 굳어져

남의 말을 받아들이기 더 어려워진다.

이 글에 반박하고 싶다면

더 그런 거다.

02

인생
내비게이션

인격은 여유에서 나온다

화장실 급한 사람이
자리를 양보할 수 없고,

용돈 십만 원인 사람이
술값 내기는 어려워.

인격은 여유에서 나오고,
인심은 지갑에서 나오는 거야.

누굴 만나도 짜증 나고,
어딜 가도 행복하지 않다면,

남 탓 세상 탓하지 말고,
내 마음과 내 지갑을 살펴봐.

　돈이 많아야만 여유가 있다는 이야기는 아니에요. 내가 요즘 다른 사람과 많이 부딪힌다면, 마음의 여유가 너무 없어 조급해서 그런 건 아닌지, 살펴봐 주길 바라는 마음이고, 경제적인 어려움 때문에 내가 너무 열등감을 느끼는 건 아닌지 살펴주길 바라는 마음이에요. 나뿐만 아니라 주변 사람이 유독 까칠하고 예민하다면, 그 사람도 여유가 없어서 민감한 건지 살펴봐 주세요.

삶은 결과가 아니라 과정이야

내려올 거 왜 올라가고?
헤어질 거 왜 만나냐고?

죽을 거 왜 사냐?

사는 동안 행복하면 그걸로 충분한 것이고,
가는 동안 행복하면 그걸로 충분한 것이고,
만나는 동안 행복하면 그걸로 충분한 거야.

삶의 이유는 결과가 아니라 과정이니까.

가면서 알게 되는 것

가보고 아니라고 말하고,
해보고 안 된다고 말하고,
파보고 없다고 말해라.

맵던 김치가 맛있어지고,
뜨거운 열탕이 시원해질 때쯤

실패조차 소중하고,
실연조차 아름다운
삶의 맛을 알게 된다.

삶이란 알고 가는 게 아니라
가면서 알게 되는 것이다.

저는 업계에서 가장 대우가 좋은 금융기관에 근무하다
가, IMF 경제 위기에 회사가 없어지면서, 신용불량자까
지 경험하게 되었어요. 정말 말도 안 되는 어쩔 수 없는
상황에서, 건설회사도 다니고, 영업도 하고, 어떤 내용이
든 상관없이 강의 자리만 있으면 무료 강의도 하면서, 한
달 한 달 가장의 무게를 견디며 살았지요. 그렇게 지내다
보니, 어느 순간 제가 아픔을 같이 나눌 수 있는 상담가가
되어 있고, 작가가 되었어요.

이 길을 정해놓고 알고 간 게 아닌데, 버티고 힘을 쓰다
보니, 그 아픔과 경험이 자산이 되어 이 자리까지 올 수
있었어요. 삶은 정말 신비하니 미리 생각하지 말고, 미리
판단하지 말고, 이달만 견디고, 오늘만 행복하자는 마음
으로 잘 지내시길 응원해요.

약한 독은 약이 될 수 있어

약한 독은 약이 되고,
독한 약은 독이 된다.

좋은 충고나 잔소리도
마음이 약한 사람에겐 독이 되고,

이별의 아픔이나 비난의 상처도
이겨낸 사람에겐 약이 된다.

인생이 열 시간이라면

인생이 열 시간이라면
네 시간은 사랑하고, 네 시간은 일하고, 두 시간은 쉬겠다.

인생이 열 시간이라면
네 시간은 배우고, 네 시간은 가르치며, 두 시간은 책을 쓰
겠다.

인생이 열 시간이라면
네 시간은 감탄하고, 네 시간은 감사하고, 두 시간은 명상
하겠다.

인생이 열 시간이라면
네 시간은 가족과, 네 시간은 친구와, 두 시간은 신과 함께
하겠다.

행복은 균형에서 온다.
균형을 잃는 순간 행복은 사라진다.

일상

깨달음은
절간이 아니라
일상에 있고,

천국은
죽은 후에 가는 곳이 아니라
지금 내 마음속이며,

사랑은
양로원 빨래가 아니라
우리 집 청소기 돌리기이다.

하늘과 땅 차이

머리로 아는 것과
발로 해본 것은
하늘과 땅 차이

한번 해본 것과
꾸준히 하고 있는 것은
하늘과 땅 차이

일상이 인생을 바꾼다.

사람은 사랑하라

꽃이
피지 않는다면
누가 꽃인 줄 알아주고,

연탄이
타지 않는다면
무슨 소용이 있으며,

사람이
뜨겁게 사랑하지 않는다면,
하루를 더 산들 무슨 의미가 있을까?

사무치게 그리울 지금

그때가 좋았던 걸
그때는 몰랐듯이

지금이 좋은 때인 걸
지금은 모를 뿐이다.

지나고 보면
힘들어하는 오늘이
사무치게 그리울 순간순간이다.

카르페디엠

이미 지난 어제를 후회하고,
오지 않은 내일을 걱정하며,
다시 안 올 오늘을 허비하는 청춘아!

이미 지난 과거를 경험으로
오지 않은 미래를 희망으로
다시 안 올 지금을 아끼면서 살아라!

소유

서울 별장 주인보다
양평 관리인이 건강하다.

세상은
가진 자의 것이 아니라
누리는 자의 것이다.

내일 놓고 갈 것에 집착 말고,
영원히 기억될 추억을 쌓아라.

03

세상에
당연한 것은 없어

반지

반지를 잃었다가 찾았다.
어제 그대론데 참 기뻤다.

암이 걸렸다 나았다.
작년 그대론데 감사가 넘쳤다.

행복은 양이 아니라 방향이었다.

용서

나를 욕한 사람
나에게 상처를 준 사람
나를 배신한 사람

도저히 용서가 안 되고
잊을 수 없는 사람과 일

누군가를 단죄하기 전에
나를 다치게 하는 미움이란 칼을

그를 위해서가 아니라
안쓰러운 나를 위해
소중하고 귀한 내 삶을 위해
같이 힘들어하는 가족들을 위해 내려놓습니다.

덮고 잊은 척, 안 그런 척하는 게 아니라,
아파도 끄집어내어 만나고 보내줍니다.

가시를 준 것은 그 사람이지만,
빼지 않고 새긴 것은 나였습니다.

오물을 치우는 마음으로
내 안에 모든 미움을 보내버립니다.

부자의 기준

더 가진 사람 보면
늘 한숨만 나오고,

덜 가진 사람 보면
늘 감사만 나온다.

요즘 한숨만 나온다면
잠깐 과거로 갔다 와라.

컬러 TV 있으면 부자인 세상.
바나나 먹으면 부럽던 세상.

충분

한 평 누울 방이 있고,
한 끼 채울 밥이 있고,
함께 나눌 네가 있다.

뭐가 더 필요한가?

당연한 것은 없다

세상에 당연한 것은 없습니다.

오늘 먹을 음식이 있고,
지금 누울 방이 있다는 것도

잔소리하는 가족이 있고,
출근할 직장이 있다는 것도

두 발로 화장실을 가고,
두 손으로 밥을 먹을 수 있다는 것도

내 입으로 말하고,
내 귀로 듣는다는 것도

세상에 당연한 것은 없습니다.

가진 건 당연하고,

없는 걸 아쉬워한다면,

세상에 행복할 사람은
그 누구도 없습니다.

어깨가 아프다는 엄마를 안마해드리다 문득 궁금해져 소원이 뭐냐고 여쭈어본 적이 있어요. "우리 막내아들 얼굴 보는 거지."라고 툭 던지듯 말씀하셨어요. 제 얼굴을 보고 싶다고 말씀하신 거였어요. 엄마는 어릴 적 영양실조와 질병으로 시력을 모두 잃으셨거든요. 그때는 눈물이 터질까 봐 아무 말 못 하고 안마만 해드리다 나왔는데, 어느 날 제 딸과 이야기하다가 문득 엄마의 말이 생각나시 한참을 울었어요. 이렇게 서로의 얼굴을 보고, 이야기하는 게 얼마나 소중한 일인지 미처 생각하지 못했거든요. 이렇게 예쁜 딸 얼굴을 못 보았다면 어땠을까 생각해보니 가슴이 미어졌어요.

상담하다 보면, 6살이 된 발달장애 아이에게 '엄마' 소리한번 듣는 게 소원이라는 분도 있고, 사랑한다는 말도 제대로 못 하고 갑자기 가족을 먼저 보내서 한이 맺힌 분도 만납니다.

세상에 당연한 것은 없어요. 내 주위의 모든 것이 당연하다고 생각하면, 있을 때 소중함을 모르다 없어지면, 큰 후회를하게 되지요. 당연한 것이 당연하지 않고, 감사하다고 느낄수 있어야 우리 삶에 행복이 자랄 수 있게 돼요.

신의 선물

나이가 들어
잠이 줄어드는 건

얼마 남지 않은 여행
더 많이 누리라는 신의 선물이고,

나이가 들어
가까운 것이 보이지 않는 건

멀리 떨어져서
세상을 바라보라는 신의 선물이다.

결핍이란 선물

적당한 공복은
음식을 맛나게 하고,

아쉬운 헤어짐은
서로를 설레게 하며,

간절한 가난함은
하루를 열흘처럼 살게 한다.

적당한 결핍은 선물이다.

가난해서 다행이야

몇백억 있다가
지금이라면 얼마나 속상할까?

정우성이었다가
이 얼굴이라면 얼마나 좌절할까?

몇백억이 없고
정우성이 아니었다는 게 얼마나 행복한가?

오를 곳이 적은 사람은 얼마나 불행한가?
오를 곳이 많은 사람은 얼마나 행복한가?

04

행복은
동사야

걱정은 모기다

걱정은 모기다.

누우면 많고,
서면 적고,
움직이면 사라진다.

그러니
일어나서 걸어라.

마음이 힘들 때

놀던 장난감을 놓게 하는 방법은
다른 장난감을 던져주는 것이고,

마음이 힘들 때 그걸 놓는 방법은
몸을 힘들게 하는 거야.

숨이 차오른 만큼 마음은 내려가고,
땀이 흐른 만큼 마음이 씻겨지는 거야.

숨이 턱에 차도록 달려 땀이 비 오듯 흐르고, 온몸이 뜨겁게 헉헉거려 본 게 언제였나요? 머리가 무겁고 생각이 많을 때, 제가 해본 여러 가지 방법 중 가장 확실한 방법이에요. 실컷 힘을 쓰고, 땀을 흘려, 몸이 개운해지면, 마음도 가벼워지고, 뭐든 해낼 수 있는 자신감까지 덤으로 와서, 이제는 달리기가 중독처럼 느껴질 정도가 되었어요.

마음이 힘들 때, 숨거나 피하지 말고, 몸을 써서 정면으로 돌파해보세요. 마음은 언제나 몸과 연결되어 있어요.

나는 오늘 작정했다

나는 오늘 작정했다.

나는 오늘
행복하기로 작정했다.

오늘 일어나는 모든 일에
감사하기로 작정했고,

오늘 마주하는 모든 풍경에
감탄하기로 작정했다.

어떤 일도 어떤 사람도
나를 흔들지 못하도록
나는 오늘 행복하기로 작정했다.

　마음도 몸처럼 관리해야 지킬 수 있어요. 10년째 다이어트를 해도 살이 빠지지 않지만, 작정하면 한 달에 5kg도 뺄 수 있지요? 살도 마음도 내버려 두면, 내가 원하는 반대 방향으로 갑니다.

　매일 식단관리를 하고, 운동을 챙기듯, 내일은 모르고 다음 달은 몰라도, 오늘만은 행복하겠다고 작정하고, 노력해보세요. 오늘 행복하지 못하면 내일 행복은 없고, 이 달이 행복하지 못하면 다음 달 행복도 없고, 이생에서 행복하지 못하면 천국 행복도 없어요.

임계점

물은 끓어야 냄비 밖을 탈출하고,
사랑은 이별을 겪으며 성숙하며,
체중은 배고픔을 넘어야 변화한다.

성장은 임계점을 넘어선 사람에게 주는 선물이다.

꼬리표

출근길을 산책길이라
꼬리표를 달아보세요.

사춘기 아이에게
완경기 엄마에게
마음 아파 재택 치료 중이란
꼬리표를 달아주세요.

짜증 내는 그에게
안아달라 우는 아이라고
꼬리표를 달아주세요.

대하는 눈이 달라지면
대하는 말이 달라집니다.

💕 꼬리표 바꾸기

마음이 힘들어지는 이유는 어떤 사실 때문이 아니라, 그 사실을 받아들이는 내 마음의 틀 때문이에요. 내가 어떤 사람이나 어떤 상황 때문에 힘들다면, 그 틀을 바꾸는 연습을 해보세요. 고정관념을 바꾸는 연습은 마음 건강에 엄청난 비법이에요.

예를 들어 직장 선배가 "인사 똑바로 안 해!"라고 말했다고 가정하면, 이런 경우 내 마음에는 지금까지 경험으로 비추어 자동으로 '꼰대 같은 사람', '기분 망친 하루' 같은 꼬리표를 달게 되는데, 이럴 때 내가 원하는 방향으로 바꾸어서 '나에게 관심 있는 사람', '사랑받은 하루'로 꼬리표를 바꾸고 미소를 지어보는 겁니다. 말도 안 되는 것 같지만, 막상 해보면 어이가 없다가도 재미있기도 하고, 웃음도 나와요. 또 자신을 잘 지켜냈다는 뿌듯함에 자랑스러울 때도 있고요. 그렇게 훈련하다 보면 불편했던 사람이 꼬리표처럼 가장 친한 사람이 되는 신기한 경험도 하게 됩니다.

제가 직장 생활할 때 너무 얄밉도록 자기 일만 하고, 팀을 위해 희생하거나 양보하지 않는 윤희(가명)라는 직원이 있었는데, 그 직원을 볼 때마다 제 마음이 불편해져서, 그 직원에게 '예쁜 윤희'라는 꼬리표를 달아주기로 했고, 실제로 "예쁜 윤희 씨"라고 부르기 시작했어요. "예쁜 윤희 씨, 회의할까요?", "예쁜 윤희 씨, 내가 뭐 도와줄 거 없어요?"라고요. 처음에는 왜 그렇게 부르냐면서 쑥스럽다고 하더니 어느새 익숙해졌고, 그렇게 부를 때마다 미소를 지어주었어요. 그렇게 두 달이 지나고 나서, 저는 윤희 씨와 정말 편하고 가까운 사이가 되었어요. 마음을 열고 가까이서 보니 참 열심히 사는 멋진 직원이라는 것도 알게 되었지요. 덕분에 직장 생활을 더 활기차고 보람차게 할 수 있었고, 퇴사 후 10년이 지나도 가끔 안부를 주고받을 정도로 서로에게 좋은 관계로 남을 수 있었어요.

나를 가장 불편하게 하는 사람에게 '나를 성장시키는 사람'이라는 꼬리표를 달아보고, 그 사람을 볼 때마다 그 단어를 떠올려서 내 고정관념을 바꾸어 보면 부정적인 영향을 덜 받게 되고, 마음이 편하게 되는 것도 경험하게 돼요. 그런 경험이 쌓여 내게 힘이 생기면, 더 이상 사람들에게 휘둘리지 않고, 내 주변이 나의 행복과 성장을 도와주는 사람들로 가득 차 있는 것을 알게 되지요.

처음부터 쉽게 되지 않고, 도저히 끝까지 꼬리표를 바꾸지 못하는 일이나 사람이 있을 수도 있지만, 작은 것부터 조금씩 연습하면, 일상에서 짜증이 줄어들고, 콧노래가 늘어나게 됩니다.

저는 아내보다 조금 깔끔한 편이라 아내가 청소하기 전에, 제가 청소기를 돌리거나, 화장실 청소를 할 때가 많은데, '이런 건 집에 있는 사람이 해주면 얼마나 좋아. 내가 휴일에 쉬지도 못하고 이렇게 해야 하나?' 하는 생각이 들어 짜증이 나는 경우가 꽤 있었어요. 그러다 일도 내가 하는데 짜증까지 나면 나만 손해라는 생각에 '청소기 돌리기'를 '전신운동'으로, '화장실 청소'를 '취미활동'으로 꼬리표를 바꾸었지요. 어차피 시켜서 하는 일도 아닌데, 이왕 하는 거 행복하게 하자는 마음이었고, 실제로 청소기 돌릴 때 자세를 바꾸며 운동이라고 생각하니까 시간 가는 줄 모르게 재미

재미있고, 화장실 청소는 완벽에 가까운 청결 상태를 만드는 취미 활동이라고 생각하니 뿌듯했어요.

이렇게 꼬리표 바꾸기 연습은 일상에서 일어나는 짜증스러운 상황, 불편한 잔소리들 사이에서 평안하고, 행복하게 지내기 위해 꼭 실천해야 하는 정말 좋은 훈련이에요.

인내는 그릇의 크기

삶이란 잔치에
인내는 그릇의 크기다.

작은 종기만 준비했다면,
메인요리는 담지 못한다.

---

ooo

무조건 참고 버티는 시대는 아니지만, 진짜 버티고 참아야 할 때, 그렇게 할 수 있는 힘이 있어야 내가 진짜 원하는 것을 내 힘으로 가지고, 지킬 수 있게 돼요. 자신도 아이도 필요할 때는 독하게 참는 연습과 훈련을 해주세요. 못하는 것과 안 하는 것의 차이는 정말 크니까요.

미리 써버린 편안함

소중한 나를 위해
기꺼이 리모컨 놓고 덤벨을 들고,

소중한 그를 위해
기꺼이 휴대폰 놓고 눈을 마주하라.

소중한 것을 지킨다는 것은
기꺼이 힘을 쓴다는 것이다.

힘을 아끼면 나중에 더 쓰는 게 아니라
어떻게 쓸 줄도 모르게 된다.

미리 써버린 편안함에
남은 생을 불편하게 사는 사람이 되지 마라.

관성의 법칙

예쁜 것들이 더 운동하고,
배운 것들이 더 공부하며,
있는 것들이 더 벌려 한다.

고기도 먹어본 사람이 더 먹게 되고,
사랑도 받아본 사람이 더 받게 된다.

한 번은 어렵고
두 번은 어색해도
익숙하면 습관이다.

좋은 것이 좋은 것을 부르니,
좋은 쪽이 아니면 당장 돌아서라.

강도 말고 빈도

식당 줄 설 때는
앞사람이 부럽고,

지하철 탈 때는
앉은 사람이 부럽고,

차 막힐 때는
반대편 차가 부럽다.

행복은 강도가
아니라 빈도이고,

큰 한방이 아니라
반복되는 작은 일상이다.

PART 5

어른이라면 알아야 할 것들

먼저 주는 사람이
가진 사람이고,

먼저 인사하는 사람이
갖춘 사람이다.

어른은
먼저 다가가는 사람이다.

01

가족은
사랑의 다른 말

사랑을 달라는 말이었습니다

학교 가기 싫다는 아이의 말에
용돈을 주었습니다.
사랑을 달라는 말이었습니다.

요즘 외롭다는 아내의 말에
가방을 사주었습니다.
사랑을 달라는 말이었습니다.

유난히 가슴이 답답한 오늘
나는 술을 마셨습니다.
사랑을 달라는 말이었습니다.

좋은 사람

좋은 부모 이전에
좋은 부부가 되어야 하고,

좋은 부부 이전에
좋은 사람이 되어야 합니다.

가족은 내 작품

가족의 모습은

눈빛이란 끌로
말이란 정으로
정성이란 색칠로
기다림이란 사포질로

깎고 다듬은 나의 작품이다.

여름은 아이에게 물어라

우리가 크던 시절은 겨울이고,
아이가 크는 지금은 여름이야.

겨울에 하던 걸
여름에 시키지 말고,

겨울에 배운 걸
여름에 가르치지 마.

여름은 아이에게 묻고
여름은 아이에게 배워.

옛말 그른 거 하나도 없다고요? 이젠 맞는 게 제대로 없을 정도로 바뀌었어요. 처가하고 화장실은 집에서 멀어야 한다고 했는데, 처가가 윗집으로 이사 오고, 화장실이 안방에 들어갔어요. 남자가 부엌에 들어가면 뭐가 떨어진다고 했는데, 이젠 결혼 준비의 기본이 남편 요리 실력이 되었어요. 남자는 세 번만 울어야 한다고 했는데, 요즘은 그런 메마른 남자와 누가 살고 싶겠어요.

시대가 완전히 바뀌었어요. 예전에는 할머니도 농사짓고, 엄마도 농사짓고, 나도 시골에서 크니 모르는 건 어른에게 물어보면 되었어요. 사람의 수명은 짧고 지식과 경험의 수명이 길었지요. 하지만 지금은 십 년 전 지식과 경험이 불필요한 시대가 되고 있어요. 할머니가 손주에게 물어야 세상을 살 수 있는 시대가 되었지요. 예전에는 먹고 살기에 바쁜 시대에서 이제는 마음을 알아주어야 하는 세상이 되었어요.

그런데 우리 마음의 습관과 고정관념이 참 무서워서 나는 다시 태어나면 결혼하지 않고 살겠다고 말하면서도, 다 큰 아이보고 언제 시집갈 거냐고 묻고, 결혼한 자식에게 언제 아이를 가질 거냐고 물어요. 또 아이들이 나보다 더 똑똑하다고 말하면서도, 자꾸 가르치려 하고 혼내려 해요. 정치도 세상도 젊은이에게 묻고 젊은이에게 양보해주세요.

그거면 된다

내가 아버지에게 맞았다고
아이를 때리면 안 되고,

내가 엄마에게 배웠다고
아이를 가르치면 안 되며,

내가 부모님을 모셨다고
같이 살기를 바라면 안 된다.

내가 나를 소중히 챙길 테니
아이도 자신을 챙기길 바라고,

내가 행복하게 살 테니
아이도 행복하길 바라면 된다.

삶에 지치고 마음이 무너질 때
온전한 내 편이 있다는 것만 알려주면 된다.

그거면 된다.

다 컸네, 우리 아기

아이랑 부딪히기 시작했다면
나만큼 컸다는 반가운 신호입니다.

내 안에 묶지 말고 나보다 크게 두세요.
꺾고 휘려 하지 말고 크고 빛나게 해줘요.

💕 민지에게

아이와 다투고 힘들어 하는 엄마와 상담한 후 엄마의 마음이 되어서 딸에게 하고 싶은 말을 적은 글입니다.

민지야,

오늘은 엄마가 화내서 미안했다. 이제는 내가 엄마인데, 힘들어 하는 민지 마음 들어주고 안아줘야 하는데, 여기저기서 교통사고처럼 일이 터지는 오늘 같은 날은 나도 우리 엄마 품에 안겨, 이놈, 저 일, 다 일러바치며 "엄마, 나 너무 힘들어. 어떻게 살아야 할지 모르겠어." 하며 펑펑 울고 싶단다. 나이만 먹었지 엄마도 민지처럼 위로받고 싶은 날이 있단다.

민지야,

엄마의 마음에는 지금 민지보다도 더 어린 소녀의 마음이 여전히 남아 있단다. 하루종일 놀아도, 또 놀고 싶어서 집에 가기 싫던 그 시절의 어린 마음이 여전히 남아 있단다. 가족들 챙기며 행사처럼 가는 여행이 아니라, 챙길 사람 없고 신경 쓸 일 없이 친구들과 밤새 떠들며, 놀고 싶은 마음도 여전히 많이 있단다.

민지야,

엄마는 주책이란다. 그래서 아직 엄마의 마음에는 너처럼 사춘기 소녀의 마음도 있단다. 꿈꾸면 아직도 민지 나이가 되어 학교에 다니기도 하고, 가끔 좋아하던 선생님 모습이 선명하게 떠오르기도 한단다. 드라마를 보면 여자 주인공이 되어 설레기도 한단다. 사랑하면 큰일 나는 나이라는데, 심장에는 아직도 수줍은 소녀가 살고 있단다.

민지야,

너도 언젠가 엄마의 나이가 되겠지. 엄마도 민지 나이였던 게 엊그제 같은데, 나는 이제 예전 엄마의 엄마 나이가 되었단다. 불쑥불쑥 서글픔이 올라올 때는 낯선 내 나이가 더 믿어지지 않고, 숱 없는 머리에 눈물이 나며, 처진 얼굴이 누구인지 자꾸 보게 된단다. 언젠가 민지도 지금 내 나이가 되어, 지금의 내 마음을 이해해주겠지? 내가 우리 엄마의 마음을 이제야 이해하듯이.

이제 다 잡은 물고기

밖에선 상큼한 귤처럼
집에선 찌들은 무처럼

이웃에겐 친절한 맥가이버처럼
가족에겐 경로당 할아버지처럼

그러기 없기

엄마 명심보감

답 알려주는 강사 말고
벌 정해주는 판사 말고
맘 알아주는 엄마 될게.

넌 그래도 나의 공주

넌 네 딸이 그렇게 이쁘니?
난 네가 여전히 그렇게 이쁘다.

넌 네 아들이 그렇게 걱정되니?
난 네가 아직도 그렇게 걱정된다.

어제는 네가 날 애처럼 혼냈지만,
함박 웃던 아기 때 얼굴이 생각날 땐
언제 이렇게 컸나 울컥한단다.

아무리 나이 들어도 넌 내 공주고,
아무리 늙어도 난 네 엄마니까.

　나이가 들면 엄마와 딸이 친구처럼 지내기도 하고, 딸이 엄마에게 큰소리를 치기도 하지요. 서로의 마음을 나누지 못하고, 서로의 소중함을 기억도 못하고, 서로에게 무심하고, 서로에게 상처를 주는 경우도 많아요.

　가장 소중한 사람이고, 가장 사랑하는 엄마, 다른 사람은 몰라도 엄마랑은 잘 지냈으면 좋겠어요. 우리도 아이들의 엄마이고 아빠거나, 또 그렇게 될 거니까.

엄마란 미안한 사람

어릴 적
내가 아플 때
엄마가 미안하다 하시더니,

나이 들어
엄마가 아파도
엄마가 또 미안하다 하시네.

더 해주고, 다 해주고도
미안한 존재는 엄마뿐인가.

코딱지

엄마를 혼자 두지 마세요.

자식과 통화는 치매약이고,
자식과 산책은 혈압약이며,
자식과 외식은 보약입니다.

나이가 드셨다는 건
이미 아프시다는 것

더 늦기 전에 더 후회하기 전에

어릴 적 주셨던 사랑
코딱지만큼이라도 돌려주세요.

🖤 부모님께 드리는 치매약

누구의 엄마도 소중하고 늙으면 안쓰럽겠지만, 앞을 못 보고, 가진 것도 없으면서 저희 4남매를 훌륭히 키우신 우리 엄마는 뒷모습만 봐도 눈물이 날 정도로 소중한 제 영혼의 안식처예요. 아끼는 것이 습관이 되어 비가 오면 비를 받아 화초에 물을 주고, 과일을 드리면 상할 때까지 먹지 못하는 천상 옛날 분이세요. 천사같이 착하고 희생만 하던 엄마가 여든 살이 넘으면서 옆집 할머니 험담도 시작하고, 70년 전 얘기를 백 번도 넘게 하는 할머니가 되었어요.

엄마랑 전화 통화하던 어느 날, 엄마에게 남 얘기는 좋은 얘기만 하라면서 목소리를 높이고 말았어요. 사과를 드리고 전화를 끊었지만, 정말 너무 죄송하고 속상했어요. 일이 있으면 잠도 안 자고, 먹을 게 떨어지면 여기저기 구걸도 하며, 좋은 건 당신 입에는 대지도 않고, 사랑과 희생으로 키웠는데, 나는 이것 하나 못 참았다는 게 정말 죄송했어요. 그리고 엄마에게 다시는 실수하지 않기 위해 통화 원칙을 세웠어요.

상담하면서 많은 분이 저와 비슷한 경험을 한다는 것을 알게 되었지요. 얼마 전에는 저와 너무 닮은 경험을 한 분을 상담하면서 한참 동안을 같이 운 적도 있어요. 연세 있는 부모님께 드리는 전화는 치매 예방약이에요. 매일 일과를 나누는 것만으로도 뇌가 굳지 않고, 마음이 엉뚱한 방향으로 흘러가지 않으니까요. 이런 소통이 없으면 사춘기처럼 변화무쌍한 어르신의 마음은 외로움이 커지고, 발전되어 세상에 대한 원망과 우울증, 치매로도 발전하게 되거든요. TV에서 쓰레기를 방 안 가득 쌓아놓고 생활하는 분이나, 옆집에서 이상한 소리가 계속 난다고 하는 분들의 공통점은 옆에서 따뜻하게 들어주는 사람이 없다는 거예요. 연세 지긋한 부모님이 자식들과 매일 건강한 대화를 나누는 것은 건강한 식사만큼 중요해요.

매일 식사를 챙기는 것처럼 운전할 때나 잠자기 전에 시간을 정해놓고, 정기적으로 전화하는 건 명절에 쇠고기를 사 가는 것보다 훨씬 더 좋은 선물이에요. 그리고 전화할 때는 익숙해질 때까지 제가 안내해드리는 방법대로 해보세요. 안 해본 분은 전화해도 막상 할 말이 없어 1분 안에 끝나고, 매일 통화하면 도대체 할 이야기가 없다고 하시거든요.

◦ 수백 번을 들어드려라.

나이가 들면 다시 아이가 된다는 말이 있지요. 연세가 드실수록 몸도 생각도 굳어지고, 자꾸 했던 말을 반복하게 돼요. 부모님에게 편하게 "그 말 좀 그만해! 엄마는 언제까지 그 얘기할 거야!" 하지 말고 "그땐 참 우리가 어렸는데, 지금은 정말 세상 좋아졌지요?" 하며 계속 들어드려야 해요. 이게 가장 중요한 포인트예요. 자주 하는 이야기는 수백 번도 더 하실 거예요. 끊지 말고, 화내지 말고, 부모님이 어렸을 적 매일 들어주신 거 백분의 일 들어드린다고 생각하고 들어주세요.

。 사소한 이야기를 나눠라.

자주 통화하고 사소한 이야기를 나눠주세요. 오십 년 전 일은 어제같이 선명한데, 어제는 뭘 하셨는지 헷갈려 하거든요. "식사하셨어요?" 이렇게 단답형으로 묻지 말고, "아침 몇 시에 뭐 드셨어요?"라고 물어보고, 어제는 누구랑 무슨 얘기했는지 아주 구체적으로 물어봐 주세요. 내 이야기도 어제 어떤 친구 만나서 무슨 이야기하고, 뭘 하고 지냈는지, 지금 어디를 가고 있는지, 아주 사소한 일을 자세하게 말씀해주세요. 사소한 이야기라도 자주 나눠야 매일 할 이야기도 많고, 물어볼 말도 많아집니다. 부모님의 친구, 취미, 식생활, 건강 모두 꼼꼼히 물어봐 주세요.

。 날짜와 요일을 여쭈어 봐라.

출근을 하지 않고, 모임이 줄어들면 연도와 날짜, 요일이 헷갈려요. "엄마 오늘이 무슨 요일이에요?", "맞아요. 금요일이라 오늘 친구들과 모임을 하기로 했어요." 이런 식으로 묻고 대답해주며, 시간 가는 걸 알 수 있게 해주세요. 저는 엄마에게 전화해서 매일 음력 날짜를 물어보고, 제가 대답해드리면서 예전 그 시절, 이때 무슨 일이 있었는지 물어보곤 해요.

。 힘들 땐 유언처럼 들어라.

저는 거의 매일 5분에서 30분씩 엄마랑 통화해요. 때로는 같은 말에 지치고, 답답한 행동에 속 터져서 목소리가 조금 커지기도 하지만, 그때마다 이게 어쩌면 엄마의 마지막 말씀일지 모른다는 생각에 통화를 녹음하며, 엄마의 목소리를 아깝게 듣는 연습을 해요. 그 생각하면 짜증 나던 내 마음이 죄송함과 감사로 바뀌고, 눈물에 목이 메기도 해요.

。사랑한다고 말하라.

부모님 떠나면 가장 후회하는 게 사랑한다고, 감사하다고 제대로 표현하지 못한 것이라고 하잖아요. 사랑하는 연인들처럼 어색해도 자꾸 "사랑한다.", "감사하다.", "엄마 딸이라서 참 행복하다."라고 자꾸 말해주세요. 어느 순간 부모님도 따라 하실 거예요. 끊을 때는 늘 "엄마 사랑해요. 오늘도 행복하세요." 이렇게 말씀해 주시면, 내 마음도 엄마 영혼도 기뻐할 거예요. 그리고 가끔은 꿈이 뭐였는지, 소원이 뭔지, 하고 싶은 게 뭔지도 물어봐 주세요. 희망이 있어야 삶을 더 건강하게 가꾸려 하시거든요.

02

내 마음의
크기

내 크기

고민에 빠져 있다면
고민보다 작은 것이고,

생각에 묶여 있다면
그 생각보다 약한 것이며,

그 사람을 품지 못한다면
그 사람보다 크지 않은 거야.

요즘 어떤 생각을 많이 하세요? 어떤 걱정을 하고, 어떤 사람 때문에 힘들어하시나요? 사람 마음의 크기는 어느 정도 정해져 있지만, 몸의 건강 상태도 좋았다가 나빴다가 하듯이, 마음의 크기도 마음의 상태에 따라 많이 변해요.

마음의 여유가 없을 때는 아이들의 장난에도 화가 나게 되고, 여유가 있을 때는 세상이 아름답고, 뭘 해도 이해가 되지요. 요즘 내 마음이 감당할 수 있는 무게는 가장 걱정하고 있는 일의 무게 정도이고, 내 인격의 크기는 내가 가장 불편하고, 신경 쓰는 사람의 크기와 비슷할 거예요. 그 일이 작은 일이라면, 그 사람이 내가 싸울 수준의 사람이 아니라고 생각하고 빨리 보내주시고, 혹시 상대가 사랑하는 연인이거나 아이라면, 싸울 대상이 아니니 한 번 더 진하게 품어주시길 바라요.

성격보다 성숙

수박이든

사과든

잘 익은 게 좋고,

내 편이든

네 편이든

성숙한 사람이 좋다.

한번에 넘어지는 둑은 없다

어찌 둑 하나가 파도 한번에 무너졌겠는가.

수없는 파도에 부딪히며,
수많은 파도를 견디다가,
오늘 그 파도에 무너진 게 아니겠느냐.

어찌 내가 오늘 그 한마디에 무너졌겠는가.

수없는 말에 상처받고,
수많은 시간을 버티다가,
오늘 그 말에 무너진 게 아니겠느냐.

그러니
어찌 무너진 둑이 한 줌의 흙으로 세워지고,
어찌 무너진 마음이 한마디의 말로 풀리겠느냐.

받은 게 아니라 만든 것

같은 걸 먹고
누군 변비고 누군 설사다.

같은 걸 보고
누군 칭찬하고 누군 욕한다.

그들에게 받은 줄 알았는데
내가 만든 것이다.

휴지

던진 말도 금처럼
받는 사람이 있고,

손편지도 휴지로
보는 사람이 있다.

같이 짖으면 너도 개

개가 짖을 때
같이 짖으면 너도 개고,

개가 짖을 때
웃으며 지나가면 어른이다.

개가 짖을 때
무서워 도망가면 어린애고,

개가 짖을 때
간식을 던져주면 주인이다.

∞

욕을 하거나, 소리칠 때 어떻게 대응하느냐가 그 사람의 크기와 그 사람의 사랑을 볼 수 있는 정말 중요한 순간이에요.

사랑한다면서 화가 날 때마다 소리치고, 거친 말을 한다면, 그 사랑은 사랑이 아니고, 내가 속상해서 목소리가 커지면, 더 큰 목소리로 나를 꾸짖듯이 말한다면, 그 사람은 어른이 아니에요. 어른의 사랑이라면 시간이 갈수록 싸움이 줄어들고, 마음을 알아주고, 서로를 챙겨주는 빛나는 사이가 되어야 해요. 그러기 위해 서로 노력해야 해요.

청소도 운동

기분 좋으면
청소도 운동이 되고,

기분 나쁘면
꽃도 쓰레기로 보인다.

꽃

주변에 꿀벌이 가득하면
넌 꽃이 분명하고,

주변에 파리가 가득하면
넌 똥이 확실하다.

네가 똥밭의 똥이라면
파리를 원망해서는 안 되고,

네가 똥밭의 꽃이라면
꽃밭으로 이사하면 그만이다.

주변 사람들이 모두 이상하다고 욕하는 사람이 있어
요. 아마 주변에 괜찮은 사람이 없다면, 그 사람도 아직
괜찮지 않은 사람일 거예요. 진짜 나는 괜찮은 사람인데,
주변 사람만 이상하다면, 욕하고 싸우는 시간에 이삿짐
싸서 이사하면 돼요. 나랑 어울리는 곳이 아니면 머물지
마세요.

　　하지만 익숙해지면 끊기 어려운 술, 담배처럼, 상처 주
고받는 게 익숙해진 사람은 징그럽게 싫다고 하면서도
그런 사람과 헤어지지 못하고, 자신을 학대하는 경우가
많아요. 내가 똥밭이 싫다면, 아무리 오래 살았더라도 과
감히 짐 싸고 이사하길 바라요. 술과 담배회사 탓하지 말
고, 내가 거리를 두면 되는 것처럼.

끼리끼리는 과학

운동하러 가면
운동하는 사람 만나고,

술 마시러 가면
술 마시는 사람 만난다.

내가 좋은 사람이면
좋은 사람을 만난다.

03

이제라도 알아야 할
어른의 조건

가시

짜증에서
가시를 빼면 부탁이고,

화에서
가시를 빼면 제발이다.

가시를 가시로 찌르는 건
아이들의 행동이고,

가시를 보고 빼 주는 게
어른들의 사랑이다.

빚

너무 일찍
어른이 되어 버린 나는

부족했던 어린 시절의 시간을
이제 빚으로 갚고 있나 보다.

이 나이에 방황하고
이 나이에 외로운 걸 보니.

엊그제 같다

그때의 내가 그리운 건지
그때의 네가 그리운 건지

돌아갈 수 없는
그 젊음이 그리운 건지

눈을 감으면 그 시절로 간다.
엊그제 같다.

터널

나이가 서러워
그 시절 돌려 달라 말하려다

그 터널 같은 시간을
다시 걸어 나올 자신이 없어

그냥 나에게
잘 견뎌줘서 고맙다.
여기까지 와줘서 고맙다.

이렇게 말해주었다.

욕먹은 이유

어른은 특별한 것을 하는 것이 아니라
하지 말아야 할 것을 하지 않는 사람이다.

하지 말아야 할 말을
안 하는 게 말 잘하는 것이고,

먹지 말아야 할 음식을
안 먹는 게 잘 먹는 것이고,

하지 말아야 할 행동을
안 하는 게 잘 사는 것이다.

이것을 지키지 못하면
열 번 잘해준 것도 물거품 된다.

내가 그 사람한테 얼마나 잘했는데, 어떻게 나에게 이렇게 할 수 있냐고 속상해하는 사람이 많아요. 연인에게 외면당하고, 자식들이 가까이 오지 않는 이유는 무엇을 잘해주지 않아서가 아니라, 하지 말아야 할 말이나 행동을 해서 그런 경우가 참 많아요.

소중한 관계일수록, 하지 않아야 할 말이나 상대가 싫어하는 행동을 하지 않는 게 중요해요. 상대를 위한다는 핑계 대지 말아요. 상대가 싫어할 뿐 아니라, 그 행동으로 상대가 바뀌지도 않아요. 여태껏 노력했던 노력이 물거품 되고 관계만 더 나빠질 뿐이에요.

진심

진심을 전할 땐
정성에 담아서 전해야 해.

프러포즈할 때처럼
장소와 분위기를 정하고,

운동할 때처럼
힘들어도 한 번 더 들어야 하고,

고백할 때처럼
따듯하고 달콤한 목소리로 말해야 해.

진심을 전하다가 관계가 더 불편해졌다면
진심을 전한 게 아니라 감정을 터트린 거야.

진심을 전하려다 더 불편해졌다고 저에게 연락이 오는 분이 많아요. 그 후로 아예 더 입을 닫았다고 하는 분도 있고요. 그래도 진심을 전하는 것을 포기하지 않기를 바라요. 운동이나 운전도 처음부터 잘할 수 없지만, 몇 번 해보면 익숙해지듯이, 몇 번의 불편함을 감수하고 연습하면 잘할 수 있어요. 정성을 다해 준비하고, 제대로 말한다면, 소중한 관계를 더 잘 지키고, 더 잘 가꿀 수 있게 되니까요.

감맹

아이스크림 하나에
신나서 춤추고,

장난감 하나에
발을 떼지 못하고,

그렇게 좋은 것도
그렇게 신나는 것도 많았던 시절

그 시절이 사무치게 그리운 건
이제는 알면서도 느끼지 못하는
감맹이 되었기 때문이야.

색을 구분하지 못하면 색맹이라 하고, 느낌을 잘 못 느끼는 것을 감맹이라 해요. 참고 견디고 숨기고 덮는 게 익숙해지다 보면, 어느 날 기쁘고 설레는 게 사라지는 감맹이 돼요. 거친 일을 많이 하면, 손에 굳은살이 생기는 것처럼 힘든 일을 많이 겪으면, 마음에도 굳은살이 생기는 거지요.

인사

먼저 주는 사람이
가진 사람이고,

먼저 인사하는 사람이
갖춘 사람이다.

어른은
먼저 다가가는 사람이다.

어른 임명장

한번은 감추고
가끔은 숨길 수 있어도
일상을 속일 수 없기에

가족에게 인정받는
사람이 진짜 어른이다.

승진은 사장이 명령하고,
어른은 가족이 임명한다.

춤

내 맘이 답답한데
세상이 답답하다고 화내고,

속이 시끄러운데
옆집 소리가 시끄럽다고 짜증 낸다.

내가 이미 짜증 났으면서
남친이 짜증 낸다고 원망하고,

나 자신이 마음에 안 들면서
엄한 아이를 고치려 혼낸다.

내가 예민하면 시계 소리도 시끄럽고,
내가 행복하면 옆집 음악에 춤춘다.

가장 싫어하는 소리가 나올 때마다
그 소리에 춤을 추어 보아라.

세상 욕하고 남 탓할 시간에

나를 살피고 나를 바꾸는 게 어른이다.

어린애

아직 바다에 도착하지 않은 강을
바다라 부르지 않듯

아직 어른이 되지 않은 너를
어른이라 부르지 않겠다.

○○○

　나이만 많고 어른이 되지 않은 사람에게 상처를 받을 때가 있지요. 그때는 그 사람을 속으로는, 철부지 어린애라고 불러주세요. 어른이 나를 혼내고, 잔소리하는 게 아니라, 철부지가 아무것도 모르고 떠드는 소리라고 생각하며, 신경을 덜 쓰는 연습을 해주세요. 내가 감당할 수 있으면 놀아주고, 힘들면 거리를 두면서 내 마음이 다치지 않게 해주세요.

현실 나누기 기대

행복은
현실 나누기 기대예요.

30점이면
기대가 너무 높다는 뜻이고,

70점이면
그래도 살만한 세상이지요.

현실을 높일 수 없다면
기대를 낮추어 주세요.

일상에서 자주 화가 난다면 세상에 대한 기대와 기준이 높다는 것이고, 가정이나 회사에서 매일 지적질하고 잔소리한다면, 그 직원이나 아이에 대한 기대와 기준이 높다는 거예요. 또 하루하루가 불안하고 초조하다면, 나에 대한 기준과 기대가 너무 높기 때문이지요.

잘 지내고, 잘 살아가기 위해서는 기준과 기대를 조금 낮추어 주세요. 감사와 칭찬이 70점 정도 될 정도로 기대와 기준으로 다시 잡아주세요. 그래야 나도 그들도 일상을 건강하게 살 수 있어요. 나 자신이나 내 아이보다 잘하고 잘난 사람과 비교 말고, 나보다 내 아이보다 부족하고 힘든 사람들도 보아주세요.

나쁜 사람, 아픈 사람

세상에 나쁜 사람은 없다.
아픈 사람만 있을 뿐.

그러니,
아픈 사람과 싸우지 않기
아픈 사람 혼내지 않기

아픈 사람과 싸웠다면
나도 아픈지 살펴보기

덤벨

아픈 사람에겐 침대를
힘든 사람에겐 의자를
힘쓸 사람에겐 덤벨을 주어라.

힘들고 아픈 사람에게
덤벨 주면 퇴장이다.

힘들고 아플 때, 도망치고 피해 가는 게 부끄러운 일이 아니에요. 힘든 일이 닥치면 습관적으로 세상 탓을 하며 욕만 하는 사람이 있고, 버겁고 힘든데 혼자서 말도 안 하고 참으며 자신을 혹사 시키는 사람도 있고, 조금만 힘든 일이 있어도 친구나 가족에게 말하고 부탁하는 사람도 있어요.

습관처럼 반응하는 것보다 내 몸과 마음의 상태를 살펴보고, 또 내가 진짜 얼마나 간절히 원하는 일인지도 살펴본 후에 내가 할 수 있고, 감당할 수 있는 일이라면, 힘들어도 힘을 써서 하면 되고, 아무리 필요한 일이라도 내 몸과 마음이 준비가 안 되었다면 하지 않아도 괜찮아요. 그것 또한 나를 지키는 중요한 방법이에요.

막다른 골목이거나, 정말 이겨내고 싶은데 힘이 도저히 부족하다면, 도움을 청해보세요. 그 사람이 도움을 청할 때, 내가 도와줄 수 있는 관계의 사람도 좋고, 가까운 가족도 좋고, 그것도 없으면 전문가에게 찾아가는 것도 좋아요.

손을 내밀어 보지도 않고, 포기하거나 낙담하지 마요. 세상에 손을 내밀어 봐요. 세상엔 나쁜 사람도 많지만, 좋은 사람도 많은 걸 알게 될 거예요. 누군가의 손을 잡고, 누군가의 어깨에 기대어 편히 쉬는 것도 연습해 봐요. 사랑도 잘 받은 사람이 잘 줄 수 있고, 도움도 잘 받아봐야 잘 도와줄 수 있어요.

어른의 기준

어른의 기준은
지식보다 지혜이고,

큰 키보다 큰마음이며,
말 잘하는 것보다 잘 듣는 것이다.

이기는 것보다 져주는 것이고,
나를 세우는 것보다 주변을 세우는 사람이다.

어른이 없는 이유

신체 나이는 잡초 같아
눈만 떠도 저절로 늘어나지만,

마음 나이는 근육 같아
키우기는 어렵고 빠지는 건 순간이다.

잘 들어주던 오빠가 한순간 찌질이가 되고,
모든 것을 안아주던 아빠가 까칠한 어린이가 된다.

근육을 유지하려면 닭가슴살을 입에 달고,
무거운 쇳덩이에 힘을 써야 하듯

어른으로 살아가려면 감사를 입에 달고,
아픈 사람 안아주는 힘을 써야 한다.

이 시대에 어른이 적은 이유이다.

　사람을 바꾸는 건 거의 불가능한 일이에요. 그래도 사람을 바꾸는 유일한 무기가 있다면 지속적인 관심과 사랑이지요. 어설프게 할 거면 시작도 하지 말아요. 서로 실망과 상처만 남아요. 어느 정도 노력이 필요하냐고요? 적어도 살 빼는 만큼의 정성과 노력이 있어야 사람을 변화시킬 수 있어요.

　가족이나 연인, 친구를 바꾸는 것뿐만 아니라, 나 자신을 스스로 바꾸는 것도 마찬가지지요. 망가진 몸을 바꾸는 것, 이상의 정성과 노력이 있어야 마음의 건강도 회복할 수 있어요. 그래도 몸을 바꾸는 것 이상의 가치가 있으니 어른이 되는 길을 포기하지 말고 꼭 도전해주세요.

세상

내가 들어준 만큼
내가 알아준 만큼
세상은 따듯해졌습니다.

내가 웃어준 만큼
내가 안아준 만큼
세상은 행복해졌습니다.

내가 감탄한 만큼
내가 감사한 만큼
세상은 풍성해졌습니다.

오늘 해야 할 것

한 번 더 들어주기
한 번 더 웃어주기
한 번 더 안아주기

이것이 오늘 어른이
해야 할 전부입니다.

이것을 못 하는
지식, 지위, 경험은
포장이고 쓰레기입니다.

어른이라면
짜증 내는 사람 알아주기

여태까지 읽은 내용 다 잊어버려도 좋아요. 마지막으로 어른이라면 이제라도 이것만은 꼭 알고, 연습해주길 부탁 드려요. 가까운 사람이 짜증 낼 때, 그 마음을 알아주는 방법이에요. 누군가 짜증을 내는 건 마음에 상처가 났으니 보아주고, 알아달라는 표현이에요. 자세히 보면 이건 감정과 욕구라는 두 가지를 알아달라는 뜻이에요.

먼저 감정을 알아주면 돼요. 생각과 의견은 다르니 그 다른 생각과 의견으로 싸움을 키우지 말고 감정을 보아주고, 알아주라는 거예요. 힘들었구나, 속상했구나, 억울했구나,

아팠구나, 짜증 났구나 등의 감정을 먼저 알아주세요. 이렇게 감정만 알아줘도 마음이 반은 풀려요.

그다음에 무엇을 원해서 그런 감정이 들었는지 그 속마음을 알아주면, 마음이 완전히 풀려요. 그 속마음을 욕구라고 해요. 예를 들면, 너랑 잘 지내고 싶었는데 들어주지 않아서, 나도 사랑받고 싶은데 막내만 챙겨줘서, 나도 인정받고 싶은데 내 의견을 무시해서 등 이런 욕구를 잘 묻고 들어주면, 표정이 풀리는 것을 보게 될 거예요. 감정과 욕구를 알아주는 연습은 어른이 알아야 하고, 실천해야 하는 가장 중요하고, 핵심적인 내용이에요. 주변에서 따뜻한 위로를 잘하는 사람을 살펴보면, 이미 이렇게 말하고 있는 사람이에요.

어른의 자격증을 준다면, 이 시험이 전공필수가 될 거예요. 이것이 훈련되면 괜찮은 사람과 사랑을 시작해도 그 사랑을 지킬 수 있고, 어른으로서 가족과 소통하고 이웃과 잘 지낼 수 있을 거예요. 좀 복잡하고 어렵다면, 일단 제가 아래에 적어드린 문장을 외워서 말하는 것부터 시작해보세요. 상황마다 조금씩 다르겠지만, 일단 이렇게라도 말하다 보면 응용력이 생길 거예요.

"많이 힘들었구나. 내가 몰라줘서 미안해."

"많이 속상했구나. 내가 몰라줘서 미안해."

짜증 내는 말을 끝까지 정성껏 들어준 후, 연인이나 가족은 안아주면서 말씀해주시고, 안는 게 어색한 친구나 동료 사이라면 손잡고 눈 보면서 말해주세요. 기적이 일어납니다. 엄청난 변화가 시작됩니다. 꼭 실천해보세요.

서툰 어른 처방전

초판 1쇄 발행 2022년 10월 12일
초판 13쇄 발행 2025년 1월 7일

지은이   박대선
펴낸이   김동혁
펴낸곳   강한별 출판사

기획   서가인
책임편집   윤수빈
디자인   서승연

출판등록   2019년 8월 19일 제406-2019-000089호
주   소   경기도 파주시 탄현면 헤이리마을길 21-7 3층
대표전화   010-7566-1768 팩스 031-8048-4817
이 메 일   wjddud0987@naver.com

ISBN 979-11-92237-12-1
· 책 값은 뒤표지에 있습니다.
· 파본 도서는 구입하신 서점에서 교환해 드립니다.
· 이 책의 일부 또는 전부를 재사용하려면 반드시 저작권자와 강한별 출판사의 동의를
  얻어야 합니다.